W0394483

Als Romanautorin, Tagebuchschreiberin und politische Publizistin hat Luise Rinser längst ihren gesicherten Platz in der deutschen Nachkriegsliteratur. Weniger bekannt ist sie als Meisterin der kleinen Form, als Verfasserin von Kurzprosa. Bei den in diesem Band versammelten ›Geschichten aus der Löwengrube‹, deren Entstehungszeit mehrere Jahrzehnte umspannt, handelt es sich vorwiegend um Anreden, Gespräche, die sich an ein unsichtbares Gegenüber wenden, Zwiegespräche, die in gemeinsamer Annäherung Traum- und Seelenabgründe erhellen. Die Rede ist von einem Judenjungen, der während der Nazijahre von einem Schreinerehepaar versteckt wird, vom Generationenkonflikt zwischen Vätern der Aufbaugeneration der Nachkriegsjahre und den rebellierenden Studenten um 1968, von Orientierungslosigkeit in den siebziger und achtziger Jahren. Die Erzählungen handeln von Diesseitigem und Jenseitigem, lassen den Leser im Ungewissen, ob er sich in einer Wach- oder Traumsphäre befindet. Allesamt sind es Geschichten, die Hoffnung machen. »Man könnte meinen, daß sich Luise Rinser in den meisten dieser Geschichten an die scheiternden Weltverbesserer wendet, die genug haben vom stinkbürgerlichen Gesellschaftswesen – an dem sie freilich ebenso leidet wie diese jungen und nicht mehr ganz jungen Menschen, von denen sie berichtet und die sie sprechen läßt. Diese beredten, heftigen Erzählungen aus der Löwengrube sind auf der Suche nach solcher Veränderung und Heilung, wie sie die Utopie gewährt.« (Karl Krolow)

Luise Rinser wurde 1911 in Pitzling/Oberbayern geboren. 1940 erschien ihr erster Roman ›Die gläsernen Ringe‹; es folgen Berufsverbot und Verhaftung; nach Kriegsende eine Fülle von Veröffentlichungen; sie wurde unter anderem mit der Roswitha-Gedenkmedaille der Stadt Gandersheim und dem Heinrich-Mann-Preis der Akademie der Künste der DDR ausgezeichnet. Luise Rinser lebt in Rocca di Papa bei Rom.
Die Werke Luise Rinsers sind bei S. Fischer und im Fischer Taschenbuch Verlag erschienen.

LUISE RINSER

GESCHICHTEN AUS DER LÖWENGRUBE

Acht Erzählungen

FISCHER TASCHENBUCH VERLAG

Veröffentlicht im Fischer Taschenbuch Verlag GmbH,
Frankfurt am Main, Juni 1992

Lizenzausgabe mit freundlicher Genehmigung des
S. Fischer Verlags GmbH, Frankfurt am Main
© 1986 S. Fischer Verlag GmbH, Frankfurt am Main
Umschlaggestaltung: Buchholz/Hinsch/Hensinger
Umschlagabbildung: Peter Schnürpel, ›Läufer‹
Druck und Bindung: Clausen & Bosse, Leck
Printed in Germany
ISBN 3-596-11256-7

GESCHICHTEN AUS DER LÖWENGRUBE

HINKELA

Ende November des Jahres 1938 fand die Frau des Schreiners, als sie frühmorgens in den Schuppen ging, um Brennholz zu holen, dort in einem Haufen Hobelspäne etwas Lebendiges liegen, das sie zuerst für einen Hund hielt, dann aber als ein Kind erkannte, das zusammengerollt dort schlief. Als sie einen Schritt näher kam, erwachte es augenblicklich, sprang auf und zur Tür hinaus.

So blitzschnell das auch geschah, hatte die Frau doch den Kleinen wiedererkannt. Seit zwei Wochen begegnete sie ihm fast täglich, wenn sie in der Morgendämmerung aus dem Haus ging, um vor Beginn ihrer eigenen Arbeit die ihrer Schwester zu tun, welche ihr siebtes Kind erwartete; sie selber hatte kein Kind. Sie war aber noch nicht alt und eher hübsch als häßlich, doch nicht nach dem Geschmack der Einheimischen, denn sie war schwarzhaarig und dunkelhäutig, und sie hinkte stark von Geburt her. Doch hatte sie lustige grün und braun gepunktete Augen und war geschickt in allem, darum hatte der Schreiner, der ein kräftiger Bursche war, sie genommen trotz des Hinkens. Er nannte sie Hinkela und meinte es zärtlich, solange sie beide jung waren.

Eines Morgens, genau am 15. November 1938, sah sie in der Dunkelheit in ihrem kleinen Garten auf einem Beet mit Winterkohl etwas kauern, das zu groß war, um für ein Kaninchen oder einen Wildhasen zu gelten, aber es war zweifellos etwas Lebendiges, das die bereiften, eiskalten Kohlblätter fraß. Sie schlug in die Hände, um es zu verscheuchen, und es sprang auch wirklich auf und davon, aber es war ein Kind.

Am nächsten Morgen sah sie den Kleinen wieder, als sie zu ihrer Schwester ging: er watete barfuß in dem Wassergraben neben der Straße und fischte die Holzäpfel heraus, die der Wind von den Bäumen gerissen und dort hineingeworfen hatte. Seine Schuhe standen am Straßenrand. Die Frau nahm sie auf, sie waren in einem jämmerlichen Zustand zwar, aber man sah, daß sie einmal, vor nicht allzu langer Zeit, teuer waren. Sie stellte sie wieder hin und ging gedankenvoll und hinkend ihres Weges. Den Kleinen anzurufen, hatte sie nicht gewagt, und sie hätte nicht sagen können, was es war, das ihr den Mund versiegelte.

Am dritten Tag traf sie ihn nicht, und sie vermißte ihn schon, und sie beschloß, beim nächsten Mal ihn anzusprechen. Zwei Tage mußte sie warten, dann sah sie ihn, wieder am frühesten Morgen, das war wohl seine Stunde, wie er an einer Kartoffelmiete auf einem der Äcker, die es damals noch am Rande der Stadt gab, kratzte, um zu den tief unter Erde und Stroh überwinternden Kartoffeln zu gelangen. Da rief sie ihn an. He du, komm her, hab keine Angst, ich geb dir Brot! Aber wie zu erwarten war, kam er nicht, sondern duckte sich zwischen die Akkerfurchen und war unsichtbar. Sie ließ ihn gewähren, das Stück Brot aber, das sie immer mitnahm, um bei ihrer Schwester, die ärmer war als sie, nichts zu verzehren, legte sie so, daß er es sehen mußte, auf einen Kilometerstein am Weg. Dann ging sie weiter, versteckte sich hinter einem Baum und sah, wie er aufstand, näher schlich, sich schließlich auf das Brot stürzte und hineinbeißend davonrannte. Sie lachte. Am nächsten Morgen legte sie, ohne sich um ihn zu kümmern, ein Brot und einen Apfel auf den Stein. Der kleine magere Schatten holte es sich, kaum war sie zehn Schritte entfernt. Dieses Spiel spielten sie schon zwei Wochen lang.

Und nun war er zu ihr gekommen, hatte die Nacht in ihrem Holzschuppen verbracht, aus dem Spiel war Ernst geworden. Denn es war ihr klar, daß er damit nicht nur sein Vertrauen zu ihr ausdrückte, sondern, indem er sich unter ihren Schutz begab, auch begann, sie in sein Geschick hineinzuziehen. Als sie den Kleinen im Nebel untertauchen sah, seufzte sie, dann nahm sie ihre Schürze auf, füllte sie mit Sägespänen, Reisig und Kleinholz, trug alles ins Haus und machte Feuer. Als sie vor dem Herd kniete, sah sie sein Gesicht am Fenster. Sie sah es zum ersten Mal. Es war ein Kindergesicht und war doch alt. Sie winkte ihm stumm, aber er verschwand. Als sie das Fenster öffnete, sah sie ihn hinter einem Busch kauern. Sie legte ein Brot auf die Fensterbank und sagte: Warte, dann bring ich dir Milch. Sie wärmte die Milch rasch auf dem Feuer und stellte die Tasse ans Fenster. Ein magerer Arm holte sie alsbald, und auch das Brot verschwand. Als die Tasse, geleert, wieder auf dem Fensterbrett stand, sagte die Frau ins

Dunkle hinein: Du kannst jeden Morgen um die gleiche Zeit herkommen!

In diesem Augenblick ging die Tür auf. Mit wem redest du denn? sagte ihr Mann.

Mit der Katze, antwortete sie.

Mit was für einer Katze? Seit wann haben wir eine Katze? Sie lachte nur. Er fragte nichts weiter, schaute aber die Tasse an, die die Frau rasch vom Fensterbrett genommen und ins Spülbecken gestellt hatte. Du hast schon gefrühstückt, sagte er verwundert, aber ließ es dabei bewenden.

Eine Woche lang holte der kleine Fremde in der frühesten Morgenstunde seine Milch und sein Brot, ohne daß er ein einziges Wort sagte. Als er zum siebten Mal die geleerte Tasse auf das Fenstersims zurückgestellt hatte, blieb er stehen und sagte leise:

Haben Sie ein Buch?

Was für ein Buch?

Irgendeines.

Da hörte sie ihren Mann aus der Werkstatt kommen.

Geh weg, flüsterte sie, geh jetzt, aber komm heut abend um acht, da bin ich allein.

Den ganzen Tag über war sie unruhig und hatte ein schlechtes Gewissen, fast so, als wäre sie dabei, ihren Mann mit einem andern Mann zu betrügen, aber nichts in der Welt hätte sie davon abbringen können, Punkt acht Uhr das Küchenfenster zu öffnen und aufs Geratewohl in die Dunkelheit hinein zu sagen:

Komm herein, die Haustür ist offen.

Aber er hatte sich schon auf das Sims geschwungen und glitt hinein. Sie schloß rasch hinter ihm Fenster, Läden und Vorhänge.
Da stand er nun, Haut und Knochen, verdreckt, feucht vom Nebel, die Kleider zerrissen, und vollkommen kahl. Nicht ein einziges Haar war auf seinem Schädel und auch Augenbrauen und Wimpern fehlten. Mitten auf der Stirn war ein rotes Mal: eine Brandwunde, noch nicht verheilt. Sie erschrak, aber sie fragte nichts, denn sie begann schon, alles zu erraten.
Setz dich, sagte sie, schob ihm einen Stuhl nah an den Herd, rückte den Tisch näher, stellte einen Teller Suppe vor ihn hin und ging hinaus. Als sie wieder eintrat, war der Teller leer. Der Kleine saß artig am Tisch. Willst du noch mehr? fragte sie.
Er sagte leise: Nein, danke, und stand auf.
Was willst du? fragte sie. Fortgehen? Wohin denn?
Er deutete mit dem Kopf unbestimmt ins Weite.
Wo schläfst du denn nachts?
Er zuckte die Achseln.
Du kannst ruhig im Schuppen schlafen. Ich wecke dich jeden Morgen früh genug. Aber wo bist du untertags?
Er zuckte wieder die Achseln.
Während sie kleine Holzscheite in den Herd warf, schaute er ihr zu. Als das Feuer hochschlug, stieß er einen Schrei aus, begann zu zittern und warf sich der Frau in die Arme. Sie schloß rasch die Ofentür mit der einen Hand, mit der andern hielt sie ihn fest und streichelte sein nacktes Schädelchen:

Armer Kleiner, sagte sie, so also stehts mit dir. Zu denen gehörst du also. Feuer haben sie gelegt an eure Häuser am Jakobsplatz; die Deinen, die sind tot, und du lebst und bist da und gehörst nirgendwo mehr hin und darfst nicht leben.

Dann kauerte sie sich neben ihn auf den Boden und zog ihn ganz in ihre Arme, drückte sein Köpfchen an ihre Brust und weinte. Der Kleine weinte nicht, aber er hörte allmählich auf zu zittern, und auf einmal war er eingeschlafen, stehend und in ihren Armen.

Mein Gott, flüsterte sie, was tu ich jetzt mit dir. So was kann man doch nicht fortjagen. Läufst ja den Henkern in die Hände. Armer Kleiner. O Gott, was tun. Aber fort lasse ich dich nimmer, nein, du bist zu mir gekommen, jetzt bleibst du.

Sie stand langsam auf, nahm den Kleinen, den sie auf zehn Jahre schätzte, der jedoch so leicht wog wie ein Sechsjähriger, auf ihre Arme und trug ihn über die Stiege. Dort, unter dem Dach, war eine kleine Kammer mit einem Bett. Da hatte früher einmal ihre Schwiegermutter gewohnt. Seit die alte Frau gestorben war, stand die Kammer leer. Damit sie das Bett aufdecken konnte, setzte sie das schlafende Kind auf einen Stuhl. Als sie zum Bett ging, krachten die Fußbodenbretter. Die Frau schüttelte den Kopf und blieb eine Weile ratlos stehen. Dann nahm sie alle Kissen aus dem Bett und trug sie in einen winzigen Verschlag daneben, unter dem kein Zimmer, nur die Speisekammer lag. In aller Eile bereitete sie dort ein Lager auf dem Fußboden, verstopfte die Ritzen im

Dach mit alten Zeitungen, die in dem Verschlag aufgestapelt waren, ganze Jahrgänge des ›Völkischen Beobachters‹ von 1933 an, die ihr Mann eifrig gesammelt hatte, aber daran dachte sie jetzt nicht. Dann holte sie noch eine Decke aus ihrem eigenen Bett, einen alten Abfalleimer, eine Taschenlampe, einige Äpfel, einen Krug mit Wasser und ein Glas, und schließlich trug sie den Kleinen in dieses Versteck und legte ihn zu Bett. Da erwachte er. Wirr und wild blickte er um sich, aber als er die Frau erkannte, legte er sich still nieder.

Wie heißt du eigentlich?

Der Kleine gab keine Antwort.

Also gut, sagte die Frau, dann nenne ich dich so, wie ich will; wenn ich ein Kind gehabt hätte, dann hätte ich es, wärs ein Bub gewesen, Stephan getauft, des Namenspatrons wegen, den sie gesteinigt... Sie hielt erschrokken inne: Ach, du weißt ja nichts von diesen Sachen. Bist ja nicht getauft. Aber trotzdem sollst du Stephan heißen.

Er sagte nichts, er schaute sie nur an.

Also du, fuhr sie fort. Du, Stephan, hör zu: du mußt den ganzen Tag hierbleiben, darfst keinen Lärm machen, und wenn du aufs Töpfchen mußt, dann benütz den Eimer da. Ja, das geht nun einmal nicht anders jetzt.

Als sie den Blick sah, den er dem Eimer zuwarf, sagte sie rasch:

Ich bring auch einen Deckel dazu, und ich komm schon jeden Tag zum Ausleeren, keine Sorge. Und ich bring dir auch Bücher, bei Tag ists halbwegs hell, und hier hast du eine Taschenlampe, ich bring dir auch zu essen, und jeden zweiten Abend ist mein Mann fort, dann hol ich dich. Übermorgen richt ich dir ein Bad, heut ists zu spät dazu. Sollst es gut bei mir haben, mein Gott, ja, so gut es geht, wie die Sache nun einmal steht. Aber jedenfalls findet dich hier keiner, hier bist du sicher, mein Kleiner.

Er schaute sie stumm an, während sie sprach, dann schüttelte er den Kopf und sah dabei aus wie ein Erwachsener, der sich kindische Reden eines kleinen Mädchens anhören muß, und dann sagte er leise, aber bitter weit über seine Jahre hinaus:

Sie sollten das besser nicht tun. Sie wissen doch genau, woher ich komme.

Ja, sagte sie, das kann ich mir denken. Aber das alles laß meine Sorge sein. Bleib du nur hier. Eines Tages... Sie unterbrach sich erschrocken, dann aber fuhr sie fort: Ach, mit dir darf ich ja reden, zu dir darf ich so was sagen; eines Tages, weißt du, ist das alles vorbei, wir müssen nur Geduld haben, warten, ganz still sein, du und ich. Und jetzt schlaf, schlaf, mußt keine Angst mehr haben. Sie kauerte sich neben sein Lager und sagte: Keine Angst haben, keine Angst...

Sie murmelte es wie ein Wiegenlied, und der Kleine schlief dabei ein. Dann stieg sie eilends hinunter, spülte den Teller ab, aus dem der Kleine gegessen hatte, leuchtete mit der Taschenlampe die feuchte Erde vor dem Fenster ab, ob nicht Fußspuren kleiner Schuhe geblieben waren, und setzte sich dann, die Wollstrümpfe ihres Mannes stopfend, an den Herd.

Kurze Zeit später hörte sie sein Motorrad, sie kannte es am Knattern, er kam vom Dienst, er war bei der SA. Sie ging ihm, wie immer, an die Haustür entgegen. Er war bedrückt, sie fühlte es sofort, und ihr Herz klopfte.
Hast du Ärger? fragte sie, aber er gab keine Antwort. Sie stellte ihm sein Bier auf den Tisch. Er rührte es nicht an. Sie stopfte Strümpfe und wartete, bis er sprechen würde, sie kannte ihn lange genug. Aber diesmal sprach er erst im Bett, als sie ihren Arm um ihn legte und er ihre Wärme spürte.
Jetzt haben sie den Doktor Fleckenstein auch...
Was haben sie?
Er sprach nicht weiter.
Fleckenstein? fragte sie, der Armendoktor? Was ist mit dem?
Hast du gewußt, daß der auch Jud ist?
Nein, sagte sie, aber was ist mit ihm?
Er gab keine Antwort.
Haben sie ihn auch umgebracht?
Er setzte sich mit einem Ruck hoch. Umgebracht? Wieso umgebracht? Und wer ›sie‹? Und wieso ›auch‹? Was redest du da?
Sie versuchte ihn sanft zurückzuziehen. Komm, sagte sie, darüber brauchen wir nicht zu reden.
Er blieb eigensinnig aufrecht sitzen und schüttelte ihre Arme ab. Was geht das alles dich an, murmelte er.
Was es mich angeht? Wenns dich angeht, gehts doch wohl auch mich an. Also, sie haben den Fleckenstein erledigt. Umgebracht oder ins Lager geschickt.

Lager, Lager, was redest du da! Was weißt denn du?
Soviel wie du, sagte sie. Und jetzt leg dich endlich wieder hin, bist ja eiskalt.
Aber er legte sich noch immer nicht. Du, rief er, wenn du den Vortrag vom Gauleiter gehört hättest, was der alles gesagt hat, was die Juden unserm Volke angetan haben...
So, sagte sie, davon versteh ich nichts. Aber der Doktor Fleckenstein hat fast nie Rechnungen geschickt, den Armen nicht.
Ausnahme, murmelte er, und sie merkte, wie hilflos er war. Sie seufzte.
Wenn du bloß die Hände davon lassen könntest.
Wovon?
Von der Politik. Von dieser da, meine ich.
Aber...
Sie verschloß ihm den Mund mit der Hand. Du, sagte sie, ich weiß, daß dir nicht wohl ist bei alledem. Mir brauchst du nichts zu erzählen.
Er stieß ihre Hände weg. Wie du redest!
Sie lachte: Wie eine Volksfeindin.
Verdammt, ja. Wenn man dich so hört, könnte man meinen, du hältst es mit denen.
Mit wem?
Mit den Juden und Kommunisten.
Und Pfaffen, sagte sie und lachte. Geh, du redest wie ein Papagei. Komm jetzt endlich und schlaf.
Während er sich zu ihr legte, murmelte er: Wenn ich nur wüßte, Hinkela... Ich durchschau's noch nicht, das

alles... Plötzlich fuhr er wieder hoch: Du, eines sag ich dir: ich bin bei der SA, ich hab den Treueid geschworen, ich gehöre nun mal zu ihnen, und du bist meine Frau und gehörst zu mir, verstehst du?

Endlich brachte sie ihn dazu, mit ihr zu schlafen, und er wunderte sich, daß sie, nach langer Zeit, es so dringend wollte und so leidenschaftlich dabei war. Als er eingeschlafen war, rückte sie von ihm ab, setzte sich hoch und lauschte lange nach oben. Es war nichts zu hören. Schließlich legte sie sich wieder hin und zog die Decke über ihren Kopf. Nach dieser Nacht redeten sie nicht mehr über so schwierige Fragen.

Der Kleine verhielt sich mäuschenstill, so daß sie manchmal, wenn ihr Mann in der Werkstatt war, die Stiege hinaufschlich, um nachzusehen, ob die Kammer nicht etwa leer sei. Aber er lag stets im Bett und las. Sie hatte ihm zuerst alle Bücher, die sie noch von ihrer Kinder- und Mädchenzeit her besaß, gebracht, aber er sagte, er wolle richtige Bücher und er nannte ihr Namen, die sie noch nie gehört hatte: Goethe, Schiller zum Beispiel. Sie wurde eifrige Benutzerin der städtischen Leihbücherei, in die sie vorher nie einen Fuß gesetzt hatte. An den Abenden, an denen ihr Mann SA-Dienst hatte, holte sie den Kleinen, dem sie einen Anzug und einen Mantel genäht hatte aus alten Kleidern, und sie führte ihn in der Dunkelheit im Garten spazieren wie ein Hündchen, das Bewegung braucht, manchmal sogar weiter hinaus, über die Felder, auf denen sie keinem Menschen begegneten zu dieser Stunde; später saßen sie neben dem Herd, und

er las ihr vor, während sie strickte, und allmählich bekam sie Geschmack an dem, was er las; während der Wintermonate lernte sie auf diese Weise ›Die Jungfrau von Orleans‹ kennen und den ›Götz von Berlichingen‹, und sie regte sich sehr auf über die Ungerechtigkeiten in der Welt. Der Kleine nahm sie gelassener hin.
Ihm waren mittlerweile Augenbrauen und Haare nachgewachsen, spärlich erst, aber immerhin war sein Schädelchen jetzt dunkel und das Gesicht nicht mehr furchterregend. Nur das rote Mal auf der Stirn, das blieb. Sie wußte jetzt seinen richtigen Namen, aber sie nannte ihn beharrlich Stephan. Er nannte sie Hinkela, weil sie es so wollte.
Sie waren beinahe glücklich miteinander. Nicht öfters als zweimal in drei Monaten wurden sie durch unvermutete Besuche erschreckt: einmal kam spätabends eine ihrer Nichten, die irgendetwas entlehnte, sie ging gleich wieder, das andre Mal war es eine Nachbarin, die blieb länger, so lang, daß Hinkela auf glühenden Kohlen saß, denn der Kleine war in der Speisekammer versteckt, und dort war es eiskalt, Licht durfte er auch nicht machen, und er konnte hören, was in der Küche gesprochen wurde, das war nicht gut für seine Ohren. Die Nachbarin nämlich erzählte, daß man in den Flußauen die Leiche einer Frau gefunden habe, nur Haut und Knochen, verhungert wahrscheinlich, und einer von der Polizei habe sie erkannt. Hinkela schürte geräuschvoll das Feuer nach, sie klapperte mit Herdringen und Schürhaken und sagte: Still, still, ich mag so was nicht hören.

Ja, ja, sagte die Nachbarin, es ist besser, nicht über so was zu reden.
Endlich ging sie, und schon war ein Motorrad zu hören, der Schreiner kam nach Hause.
Hinkela hatte eben noch Zeit, den halberfrorenen Kleinen aus dem Versteck zu holen und ins Bett zu schicken, da kam ihr Mann auch schon zur Tür herein. Er roch nach Schnaps und Bier und war laut, er warf die Stiefel in eine Ecke und pfiff falsch, er war betrunken, das hatte Hinkela noch nie erlebt, in ihrer ganzen Ehe nicht. Sie zog sich erschrocken auf ihren Platz am Herd zurück und stopfte weiter Strümpfe und beobachtete ihn aus den Augenwinkeln. Er ließ sich am Tisch nieder, stützte seinen Kopf mit den Fäusten und brütete vor sich hin und machte keine Miene, ins Bett zu gehen. Hinkela wartete. Sie fragte nichts. Sie tat, als wäre alles wie immer und ganz in Ordnung. Als er eine halbe Stunde so gesessen hatte, gähnte sie laut. Sie hoffte, er würde es hören. Aber er schwieg weiter. Sie gähnte noch einmal und lauter.
Da sagte er: Geh ins Bett. Ich komm dann schon.
Aber jetzt war sie es, die schwieg. Sie konnte gut warten. Allmählich wurde er nüchtern. Mach mir einen starken Kaffee, murmelte er. Sie tat es, ohne etwas zu fragen. Noch nie hatte er um diese Zeit, so spät noch, Kaffee gewollt. Er trank ihn, so heiß er war, in einem Zuge aus. So, sagte er, jetzt ist mir besser.
Sie fragte immer noch nichts, aber er legte seinen Arm um ihre Hüfte. Hinkela, sagte er, ich kanns fast nimmer

mitmachen, was sie tun. Heut hab ich Dienst am Bahnhof gehabt, da hab ich gesehen, wie man sie fortgebracht hat, du weißt schon wen. In Viehwagen. Der Apotheker Siegel war auch dabei mit seiner Frau und der Schwiegermutter.
Der Siegel? rief Hinkela. Aber ist denn der ein Jud?
Hinkela, ich weiß nimmer, was recht und was unrecht ist. Mir grausts. Aber wenn ich daran denke, wie der Viehhändler, der Jud Finkel, meinen Vater hereingelegt hat, dann glaub ich doch, was sie sagen. Wie im Kleinen, so im Großen.
Geh, sagte Hinkela, als ob die christlichen Viehhändler besser wären. Viehhändler ist Viehhändler, ob Jud ob Christ. Aber wenn du nimmer mitmachen magst, dann tritt halt aus.
Tritt aus, tritt aus, das sagt sich leicht, aber das kann man doch nicht, das ist es ja, verstehst du denn nicht, da kann ich gleich hingehen zum Obersturmführer und die Uniform hinschmeißen: da habt ihr euern Dreck, ich bin dagegen, führt mich auch ab mit denen. Nein, Hinkela, das geht nicht. Und ich wills auch nicht, verstehst du, ich wills nicht. Ich hab einmal ja gesagt, jetzt bleib ich dabei. Und vielleicht haben sie doch recht und es ist nötig.
Was? Was ist nötig?
Er stand auf. Jetzt hab ich lauter dummes Zeug geschwätzt. Besoffen war ich. Ist schon vorbei. Bin wieder in Ordnung. Gehn wir schlafen.
Hinkela wagte nichts mehr zu sagen, sie seufzte nicht einmal, aber sie legte sich in dieser Nacht nicht zu ihm.

Ein paar Tage später bekam Hinkela einen großen Schrecken, als ihr Mann sich plötzlich erinnerte, daß irgendwo unterm Dach, in Zeitungspapier eingeschlagen und mit Mottenkugeln belegt, eine warme Wolljacke sein mußte; es fror ihn abends, wenn er Dienst im Freien hatte.

Hinkela sprang sofort auf. Ich hol sie dir.

Er wollte es selber tun: Ich weiß doch, wo sie ist, hab sie ja selber in den Verschlag gebracht.

Nein, rief Hinkela, ich hab aufgeräumt da oben, da ist sie nicht mehr, sie ist... ach, bis ich dirs erklär, hol ich sie gleich selber. Und schon flog sie die Stiege hinauf. Das Paket mit der Jacke war in dem Verschlag, hinter dem Lager des Kleinen. Am selben Abend noch brachte sie an der Tür zu diesem Verschlag ein Vorhängeschloß an, und innen auch noch einen Riegel, für alle Fälle. Sie verabredete mit dem Kleinen, daß er nur dann öffnen dürfe, wenn sie wie eine Katze schrie.

Aber wenn man das Schloß mit Gewalt abreißt und wenn der Riegel nicht hält? fragte sie sich selbst. Du, Stephan, sagte sie, wenn, was Gott verhüte, aber wenn einmal jemand andrer als ich an der Tür herummacht und wenn du fürchten mußt, daß die Tür aufspringt, dann... Sie deutete auf die Dachluke. Da kannst du ganz leicht durch. Draußen reichst du mit den Füßen bis zur Dachrinne. Da kannst du dich schon eine Weile halten, da sieht dich niemand, da ist der große Kiefernast. Vergiß aber nicht, die Dachluke hinter dir zuzumachen, und damit du sie von außen wieder aufbringst, steckst du ein Hölzchen dazwischen. Hast du verstanden?

Ja, sagte der Kleine, aber das hilft nichts.

Warum nicht?

Alles hier wird mich verraten.

Du hast recht, sagte Hinkela, und auch nicht recht. Man wird merken, daß da wer wohnt, aber deswegen weiß man noch lange nicht wer.

Der Kleine schwieg, aber er lächelte nachsichtig.

Als sie am nächsten Abend vor seiner Tür miaute, dauerte es ein wenig länger, als sie erwartete, bis er den Riegel zurückschob. Die Kammer war aufgeräumt, das Bett nicht mehr da.

Probealarm, sagte der Kleine, ohne zu lächeln. Er hatte eine alte Kommode unter die Dachschräge geschoben, so daß dahinter ein Hohlraum entstand, in dem er das Bett auf eins-zwei-drei verschwinden lassen konnte.

Hinkela fuhr ihm über das struppig nachwachsende Haar. Gott verhüte, sagte sie, daß du es einmal im Ernst tun mußt.

Es vergingen drei, vier, fünf Monate, und nichts Böses ereignete sich. Hinkela hatte nicht einmal mehr Angst. War so lange alles gutgegangen, würde es auch weiterhin gutgehen. Wie lange, das zu fragen hatte sie aufgegeben. Der Kleine hatte sich erholt, und Hinkela sagte, er dürfe nicht noch dicker werden, sonst passe er nicht mehr durch die Fensterluke; sie lachten. Er hatte sich still und schmiegsam an seine Lage gewöhnt, und er las und las und teilte mit Hinkela, was er lernte und dachte.

Es kam der Sommer, und in dem winzigen Verschlag unmittelbar unter dem Dach wurde es schier unerträglich heiß. Darum ließ der Kleine, wenn er den Schreiner in der Werkstatt arbeiten hörte, die Türe offen, um Durchzug zu bekommen. Auch nachts schlief er bei offener Tür. Wer auch sollte kommen, um nachzuschauen. Und doch kam eines Nachts jemand.
Hinkela war am Nachmittag zu ihrer Schwester geholt worden, die ihr siebtes Kind zur Welt brachte. Das Kind war geboren, aber Hinkela sollte danach noch die Nacht über dort bleiben. Der Schreiner war es nicht gewohnt, allein im Bett zu liegen, er konnte nicht schlafen. Er suchte etwas zu lesen, aber er fand nichts. Da fielen ihm die alten Zeitungen ein, die er im Dachverschlag aufbewahrte. So stand er auf und ging die Stiege hinauf. Es war zu spät für den schlaftrunkenen Kleinen, die Tür zu schließen, und auch zu spät, durch die Dachluke zu schlüpfen. So blieb er denn liegen, er zog nicht einmal die Decke über den Kopf. Mit weit offenen Augen schaute er dem Mann entgegen, der da, im Hemd, mit einer Taschenlampe in den Verschlag leuchtete. Für den Schreiner war es allzu überraschend, was er da sah, so daß er eine ganze Weile nichts tat, er blieb einfach stehen. Die beiden schauten sich an.
Endlich brachte der Schreiner den Mund auf: He du, sagte er, was tust denn du da? Was bist denn du für einer?
Der Kleine schwieg, aber er setzte sich in seinem Bett hoch. Der Schreiner leuchtete ihm ins Gesicht, so daß er die Augen geblendet schloß. Ach so, sagte der Schreiner

schließlich, ach so ist das. Er blieb noch eine Weile stehen, dann sagte er rauh: Schlaf weiter. Er vergaß, die Zeitungen mitzunehmen. Die ganze Nacht tat er kein Auge zu. Er wußte sich keinen Rat. Aber im Morgengrauen stand er auf, schrieb auf einen Zettel: ›Sag meiner Frau nichts‹, unterstrich das ›nichts‹ dreimal mit seinem dikken Schreinerbleistift, schlich die Stiege hinauf und legte den Zettel in den noch immer offenen Verschlag. Der Kleine sah es wohl, aber er rührte sich nicht.

Eine Woche schleppte der Schreiner das Geheimnis mit sich. Er schlief schlecht und stöhnte, und einmal redete er im Schlaf, und er sagte etwas von einem Kind, dann schrie er und wachte auf. Hinkela erschrak sehr.

Bist du krank?

Krank, sagte er, ja, krank von der Suppe, die du uns eingebrockt hast.

Ich versteh kein Wort. Wovon redest du bloß, Mann?

Er deutete mit dem Kopf nach oben. Hinkela setzte sich. Dann sagte sie: Soll ich ihn fortjagen? Er gab keine Antwort. Sie stellte sich neben ihn und rieb ihr Gesicht an seiner Schulter. Schau, sagte sie, wir haben kein Kind, und ich hätte so gern eins. Wen stört denn das da droben? Ich hätte dich herauslassen wollen aus der Geschichte. Aber jetzt, wo du es weißt, jetzt bist du mit drin, jetzt mußt du mir helfen, jetzt mußt du zu mir stehen.

Er schob sie ein wenig von sich weg. Zu dir stehen, rief er, was heißt denn das? Das heißt, dir und mir den Teufel an den Hals holen. Wie denkst du dir denn das? Wie soll denn das weitergehen?

So, sagte sie.
Was: so? So mit dem da droben versteckt jahrelang?
Ja, sagte Hinkela.
Er schaute sie an. Verrückt bist du.
Hilf mir, sagte sie.
Ja wie denn, wie denn? rief er. Weißt du denn, wer er ist?
Ja, sagte sie. Dem Professor Frankenstein sein Jüngster. Die andern drei sind tot. Der Professor auch. Beim Synagogenbrand. Hörst du: alle verbrannt! Und die Frau Frankenstein, die hat man gefunden, tot, verhungert am Flusse. Und ich, ich hab den Buben gefunden, halb verhungert und halb erfroren.
Wann? fragte er.
Ende November, sagte sie. So lang ist er schon bei uns. Und jetzt willst du ihn fortjagen?
Hab ich gesagt, ich wills? Aber sag mir jetzt du, was wir tun, wenn das eines Tages einer merkt. Ich bin bei der SA. Vergiß das nicht.
Grade deswegen! Das schützt uns doch. Keiner wird denken, daß wir so was tun. Sie rieb wieder ihren Kopf an seiner Schulter. Er duldete es.
Hinkela, Hinkela, sagte er, du holst uns den Tod ins Haus.
Aber geh, rief sie, was redest du: den Tod? Wenns doch keiner weiß.
Also gut. Aber ich, ich weiß auch nichts, verstehst du? Und daß er mir ja weiter da droben bleibt! Nicht daß du denkst, er könnte jetzt ungeniert im Haus herumgehen. Droben bleibt er, hörst du.

Aber ja, sagte sie, der bleibt schon droben. Hinkela hob sich auf die Zehenspitzen und gab ihm einen Kuß. Er nahm seine Mütze vom Haken und ging in die Werkstatt. Sie lief über die Stiege, miaute, die Tür ging auf. Stephan, rief sie, er weiß es, mein Mann, aber du darfst bleiben. Jetzt ist alles gut. Aber woher weiß ers denn? Das hab ich ihn in der Aufregung gar nicht gefragt.
Er war da, sagte der Kleine ruhig.
Wann?
Vorige Woche.
Und du hast mir nichts davon erzählt?
Warum sollte ich. Es hätte Sie bloß aufgeregt. Und er hat mir auch verboten, es Ihnen zu sagen.
Ihr Männer, sagte Hinkela.
Zwei Monate danach, in den ersten Septembertagen, begann der Krieg; ein paar Wochen später wurde der Schreiner einberufen, und im Dezember marschierte er schon gegen Osten. Hinkela und der Kleine waren jetzt allein, aber das änderte gar nichts an ihren Gewohnheiten. Sie wurden eher noch vorsichtiger.
Aber eines Tages kam der erste Schrecken: zwei Männer von der Partei gingen von Haus zu Haus, um nachzuschauen, ob es einen sicheren Luftschutzkeller gab, und ordneten an, daß unterm Dach alles leicht Brennbare weggeräumt werde. ›Entrümpeln‹ nannte man das. Sie kamen unvermutet, stiegen in den Keller hinunter und unters Dach hinauf. Hinkela lief mit, plauderte und scherzte.
Und was ist da drinnen? fragte der eine Mann.

Da? Nichts, gar nichts. Da ist schon lang nichts mehr drin. Mein Mann hat vor Jahren einmal abgesperrt und den Schlüssel verlegt oder verloren, was weiß ich. Aber wir brauchen ihn ja nicht, weil nichts drinnen ist.
Als die Männer fort waren, mußte sie sich hinsetzen, ihr war schlecht. Als sie zu dem Kleinen hinaufstieg, zitterte sie immer noch.
Hinkela, sagte er ruhig, jetzt wird es Zeit, daß ich gehe.
Gehen, gehen, ja wohin denn gehen? rief Hinkela. Als ob es irgendeinen Fleck im ganzen Land gäb, wohin du gehen könntest. Nein, davon wird nimmer geredet. Wenn du wo sicher bist, dann hier.
Aber ein paar Wochen später kam der zweite Schrecken: einer der beiden Luftschutz-Warte, wie man sie hieß, stand eines Abends vor der Tür; einer allein. Ich muß Sie verwarnen, sagte er, da droben ist Licht.
Wo droben? Aber kommen Sie doch herein, ist ja so kalt vor der Tür. Wo droben? Ach so, ich war grad in der Dachkammer, hab was gesucht, hab ich vielleicht das Licht brennen lassen? Ich schau gleich nach.
Sie flog die Stiege hinauf. Ja wirklich, rief sie von oben, ich hab vergessen auszuschalten.
Und was ist mit der Verdunkelung? fragte der Mann streng.
Hinkela senkte schuldbewußt den Kopf. Ich habe gedacht, wenn dort nie jemand da droben ist, da braucht es das nicht.
So, sagte er, Sie haben das gedacht. Und da sehen Sie, daß

Sie falsch gedacht haben. Wenn nun feindliche Flieger gekommen wären und hätten das Licht gesehen, da hätten sie ein schönes Ziel gehabt, und Sie hätten eine ganze Stadt verraten; begreifen Sie jetzt, daß auch da droben verdunkelt sein muß? Ich wills diesmal noch nicht melden, aber ich komme nächste Woche wieder und kontrolliere.
Als er fort war, eilte sie zu Stephan. Du, sagte sie, daß du mir nachts kein Licht mehr machst. Einer vom Luftschutz war da. Er hats gesehen.
Hinkela, sagte er, wenn Sie es doch glauben wollten: es ist besser, ich geh fort.
So, sagte sie, du willst fort. Und ich? Ich bleib mutterseelenallein. Was hab ich denn, wenn ich dich nimmer hab? Nein, mein Kleiner, wir zwei, wir bleiben beieinander, was auch kommen mag.
Danach ging es lange gut, und Hinkela vergaß den Schrecken. Sie wagte es sogar, untertags für ein paar Stunden fortzugehen, um Bahnhofsdienst zu machen; wenn Züge mit Soldaten kamen, schenkte sie ihnen Kaffee ein aus einer großen Blechkanne, und alle freuten sich, weil sie so lustig hinkte und lachte. Aber nach Ostern lachte sie nicht mehr: ihr Mann war gefallen in Polen. Als sie den Brief bekommen hatte, auf dem Rand ›Gefallen für Groß-Deutschland‹, und als sie ihn gelesen hatte, blieb sie lange Zeit still sitzen, dann ging sie zu dem Kleinen.
Lies, sagte sie.
Als er gelesen hatte, schauten sie sich an. Ja, sagte Hin-

kela, so ist das. Jetzt hab ich nur mehr dich. Wenn du nicht wärst, hätte ich gar nichts mehr.

Nach diesem Tage ging das Leben weiter, weil es weitergehen mußte; aber es ging nicht mehr lange weiter, nicht mehr so; denn: eines Tages kam Hinkelas Schwager, der auch Soldat, Feldwebel, war, in Urlaub, und bei ihm zu Hause war das Kleinste krank, es schrie Tag und Nacht, und der Mann hielt das nicht aus, konnte nicht schlafen, kam also zu Hinkela und bat um ein Nachtquartier, sie habe doch die Dachkammer leer. Ja, sagte Hinkela rasch, da schlafe jetzt sie, seit ihr Mann tot sei, und der Schwager könne das Schlafzimmer unten benutzen.

Vierzehn Tage dauerte der Urlaub, dreizehn Nächte lang schlief der Feldwebel in Hinkelas Haus und merkte nichts. Die letzte Nacht wollte er wieder daheim und bei seiner Frau verbringen. Er hatte von Hinkela schon Abschied genommen, schon am Morgen, und so war denn kein Grund da, daß der Kleine den Abend nicht unten in der Küche sitzen und Hinkela vorlesen sollte. Wer konnte vermuten, daß der Feldwebel seinen Rasierapparat hatte liegenlassen irgendwo, wo Hinkela ihn übersah, und nun, spätabends, kommen würde, ihn zu holen? Er kam. Der Kleine konnte gerade noch in der Speisekammer verschwinden.

Mit wem hast du denn gesprochen? fragte der Feldwebel.

Ich? Mit wem sollte ich reden? Das Radio hat gesprochen.

Mehr wurde darüber nicht gesagt, und der Feldwebel war

schon an der Haustür, da hustete der Kleine, er war erkältet; er hustete in sein Taschentuch, unterdrückte den Husten, aber der Feldwebel blieb stehen.
Da ist doch wer, sagte er.
Hinkela wiegte sich in den Hüften. Warum sollte da nicht wer sein? fragte sie schnippisch.
Der Feldwebel schaute sie schief an. So eine also bist du?
Ja, so eine bin ich.
Na, sagte der Feldwebel, dein Mann ist noch kein halbes Jahr tot, und du tröstest dich schon.
Ja, ich tröste mich, sagte Hinkela. Und du, gib nur acht da draußen, daß meine Schwester nicht auch Witwe wird und sich trösten muß.
Der Feldwebel schüttelte den Kopf. Wie du redest!
Eine halbe Stunde später war es Hinkela, als hörte sie im Garten ein Geräusch. Sie ging hinaus und leuchtete mit der Taschenlampe den Boden vor dem Küchenfenster ab. Da waren Spuren von Männerstiefeln. Sie verschwieg es dem Kleinen, aber sie ließ ihn nun des Abends nicht mehr in die Küche kommen. Er begriff, und er sagte nichts.
Eine Woche, nachdem der Feldwebel abgefahren war, frontwärts nach Osten, standen eines Vormittags zwei Männer vor dem Haus, Männer in Zivil. Sie sagten, daß sie die Verdunkelungs-Vorrichtungen und Luftschutzkeller kontrollieren müßten.
Es waren schon zwei da, die alles kontrolliert haben, sagte Hinkela und stellte sich auf die Schwelle.

Da zog der eine seinen Ausweis aus der Tasche. Geheime Staatspolizei.
Ja dann, sagte Hinkela, bittschön. Sie gab die Schwelle frei. Der eine ging ins Haus, der andere in den Garten. Hinkela blieb im Hausflur stehen. Der Polizist hatte zuerst den Keller durchsucht, dann das Erdgeschoß, und zuletzt stieg er hinauf unter das Dach. Hinkela hörte, wie er an der Tür des Verschlags rüttelte. Sie, rief er hinunter, Sie, kommen Sie herauf, sperren Sie da auf.
Hinkela stieg langsam, ihr Bein nachschleppend, zu ihm hinauf.
Ich hab keinen Schlüssel, sagte sie, da hat mein Mann einmal abgesperrt und den Schlüssel mitgenommen, weil er immer Angst gehabt hat, jemand nähme ihm seine alten Zeitungen weg, er hat nämlich, wissen Sie, alle Jahrgänge des ›Völkischen Beobachters‹ gesammelt seit 1933. Sie waren ihm wichtig. Jetzt liegt der Schlüssel mit ihm in der Erde. In Polen. Ich laß das alles so, wie es ist.
Aufmachen, sagte der Polizist.
Ja wie denn? fragte Hinkela. Wie denn ohne Schlüssel?
Bringen Sie eine Beißzange und ein Stemmeisen, sagte er, und als sie zögerte, schrie er: Aber sofort, verstanden?
Sie hinkte langsam die Stiege hinunter und in die Werkstatt. Auf dem Weg über den Hof sah sie den Kleinen auf dem Dach liegen. Den zweiten Polizisten sah sie nicht.

Als sie mit dem Werkzeug wiederkam, hatte der Mann das Schloß schon abgerissen. Aber die Tür ging nicht auf. Was ist das? schrie er, warum geht die Tür nicht auf?
Hinkela zuckte die Achseln. Sie klemmt halt.
Ein Beil! rief der Mann. Sie hinkte die Stiege hinunter und holte das Beil. Der Mann schlug auf das Holz ein, die Bretter fielen auseinander. Die Kammer war leer. Hinkela schaute den Mann freundlich an, eine Schulter hochgezogen. In diesem Augenblick hörte sie den anderen Polizisten im Garten schreien: Runter mit dir, oder ich schieße.
Hinkela flog die Stiege hinunter, der Polizist hinter ihr her. Da standen sie nun und sahen den Kleinen droben am Dach hängen.
Eine Leiter, schrie der Polizist.
Hinkela rührte sich nicht.
Komm sofort herunter, schrie der andere. Aber das war ein Befehl, dem der Kleine nicht folgen konnte ohne Leiter. Dann aber sahen sie, wie er das Sims losließ und auf der alten rostigen Dachrinne stand, einen Ast der Kiefer ergriff und sich daran hängte. Die Polizisten griffen nach ihm und holten ihn herunter. Er stand blaß und ruhig zwischen ihnen.
Aha, sagte der eine Polizist, da haben wir den Vogel. Und Sie da, wie kommen Sie zu dem Kind?
Das, sagte Hinkela, ist das meine.
Das Ihre? Sie haben nie ein Kind geboren.
Doch, geheim, sagte Hinkela.

Aber das da, das ist doch ein Judenbankert, rief der Polizist, das sieht man doch. Wie kommen Sie zu dem Kind, frag ich Sie.
Es ist das meine, wiederholte Hinkela.
Frau, rief der andere Polizist, ich hab Ihren Mann gekannt. Sie waren ihm doch treu.
Aber, sagte Hinkela, das da ist mein Kind, und es ist nicht von ihm.
Von einem Juden also?
Hinkela schwieg, aber sie ging auf den Kleinen zu und legte ihren Arm um ihn. Sei still, sag nichts, flüsterte sie ihm rasch zu.
Die Polizisten sahen sich an. Abführen, sagte der eine.
Der andere schüttelte bekümmert den Kopf. Wenn das Ihr Mann gewußt hätte.
Er hat es gewußt, sagte Hinkela, immer schon hat er es gewußt.
Was? rief der Polizist, er hats gewußt und nicht gemeldet?
Abführen, sagte der andere.
Sie sperrten das Haus ab und drängten Hinkela und den Kleinen in das vergitterte Auto. Man brachte sie ins Gefängnis, und es war ein Wunder, daß man sie nicht trennte.
Beim Verhör, das noch am selben Tage stattfand, erfuhr die Staatspolizei nichts weiter, als was Hinkela bereits ausgesagt hatte. Plötzlich sagte der SS-Mann, der das Protokoll aufnahm:

Aber der Bankert da, der sieht mir ganz so aus, als wäre er einer von den Frankensteins.
Ja, wirklich, rief der andere, das ist ein Judenbankert. Ist denn das Rattennest nicht ausgeräuchert worden?
Scheint nicht. Die Alte ist ja auch entkommen. Man hat sie doch gefunden, halb verfault am Fluß.
Der Kleine zitterte, aber er blieb standhaft; Hinkelas Hand hielt ihn.
Also, wie ist das nun: wollen Sie ein Geständnis ablegen oder nicht? Die Sache ist klar: Sie haben den Bankert bei sich versteckt, eineinhalb Jahre, obwohl Sie wußten, daß er ein Jud ist. Das bedeutet Widerstand gegen die Staatsgewalt. Verstehen Sie?
Hinkela sagte kein Wort. Sie hielt den Kleinen fest an der Hand und schaute geradeaus zur Wand hin.
Die Männer redeten eine Weile leise miteinander, und Hinkela hörte nur das eine und andre Wort, aber als sie diese Wörter aneinanderreihte, da wußte sie, was geschehen würde.
In der nämlichen Nacht noch ging ein Transport irgendwohin. Wohin er gehen sollte, hat Hinkela nicht mehr erfahren. Als sie eine Nacht und einen Tag in einer Ecke des Viehwagens verbracht hatten, stumm und hungernd und durstig, aber eng beieinander, sie und der Kleine, und als es wieder dunkel wurde, blieb der Zug auf freiem Felde stehen. Er blieb so plötzlich stehen, daß die Menschen in dem Wagen heftig nach rückwärts gestoßen wurden. Ein Zugunglück, sagte jemand. Aber da hörten sie das Brummen der Bomber, es war dicht über ihren

Köpfen, und sie hörten auch Einschläge weiter vorne. Idioten, schrie jemand im Wagen, solche Idioten, diese Engländer. Auf uns schmeißen sie Bomben, auf uns! Eine Frau sagte laut: Besser jetzt tot als auf den Tod warten müssen, dort. Und dann ging alles unter in einem großen Krachen, das sie taub und stumm machte.

Als Hinkela zu sich kam, waren die andern dabei, Bretter aus dem brennenden Wagen zu schlagen, und schließlich sprangen sie hinaus, einer nach dem andern, blindlings und wahnsinnig vor Angst. Auch Hinkela sprang, den Kleinen nachziehend. Sie stürzten auf den Bahndamm. Der Zug brannte. Graue Schatten rannten über die Felder in die Nacht hinein. Andere Schatten schossen nach ihnen.

Lauf, Stephan, lauf, rief Hinkela. Mach dich klein, kriech zuerst, dann lauf.

Der Kleine tat ein paar unschlüssige Sprünge vorwärts, dann kehrte er zurück.

Und du? rief er. Komm, komm!

Ich kann doch nicht, sagte Hinkela, du weißt doch: mein Fuß. Mit dem komm ich nicht weit. Ist ja auch gleich. Aber du, lauf, mein Bub, lauf um dein Leben. Gott wird dich schützen.

Nein, sagte der Kleine, nein. Ich bleib bei dir.

Hinkela wollte etwas erwidern, aber das konnte sie nicht mehr, denn eine der Wachen, die blindlings ins Dunkle schossen, traf sie mit einem Revolverschuß, und der zweite traf den Kleinen, aber nur am Bein, und er blieb liegen und verblutete; das dauerte lange.

Ein paar Tage später fanden ihn Bauern, die neugierig und ängstlich sich dem ausgebrannten und verlassenen Zug näherten; sie wollten das Kind nach Hause nehmen, aber es starb schon auf dem Hinweg, dreißig Kilometer vor Auschwitz.

MUNJO, DER DICHTER

Er saß auf den Stufen des Stadtbrunnens und fuhr mit dem Finger die Buchstaben der Inschrift am Sockel nach. So fand ihn der junge Lehrer, der, weil er lungenkrank gewesen, nicht in den Krieg gemußt hatte und darum weder totgeschossen noch in Gefangenschaft geraten und also einer der wenigen Männer war, die in jenem ersten Sommer nach dem Zweiten Weltkrieg in der Stadt lebten. Das Schulhaus war zerbombt, und an Schulehalten war noch nicht zu denken, doch ging der Lehrer herum und suchte sich die Kinder zusammen. Den Jungen, der da am Brunnen saß, kannte er nicht. Er war keiner aus der Stadt. Was für einer war das überhaupt. Dreckig war er und zerlumpt und sehr mager. Das war damals nichts Besonderes. Es gab viele solche, die herumstrichen, elternlos und nirgendwo hingehörend. Sie waren mit den amerikanischen Soldaten gekommen, von irgendwoher, von den gutmütigen Amis geduldet und gefüttert, besonders wenn sie sagten, ihre Eltern seien im KZ umgekommen. Was oft, aber nicht immer stimmte, doch war immer nützlich, es zu sagen. Als die Amis weiterzogen, liefen die Kinder mit ihnen. Dieser da aber war geblieben. Der Lehrer schaute ihm eine Weile zu, wie er mit dem Finger die steinernen Buchstaben nachzeichnete, dann sagte er: Kannst du das lesen? Der Junge schaute zu ihm auf. Der Lehrer sah, daß das Dunkelbraun der

Haut nicht vom Schmutz kam. Sprichst du Deutsch? fragte der Lehrer. Der Junge schwieg.
Verstehst du mich überhaupt? fragte der Lehrer.
Der Junge bewegte den Kopf, und das konnte so gut »ja« wie »nein« heißen. Der Lehrer nahm es für ein Ja und fragte weiter: Wo sind denn deine Eltern?
Eine Handbewegung, die hieß: weit fort. Dann wurde er deutlich: er nahm ein Hölzchen vom Boden auf und legte es an wie ein Gewehr, dann zuckte er die Achseln und legte sich die Finger um den Hals, als wollte er das Erdrosseln oder Erhängen andeuten.
Du bist ganz allein? fragte der Lehrer.
Der Junge antwortete nicht.
Der Lehrer gab nicht auf. Wo wohnst du?
Wieder diese unbestimmte Handbewegung.
Willst du mit mir kommen? Ja? Komm!
Der Junge stand sofort auf. Erst schien es, als wolle er flüchten, aber dann folgte er dem Lehrer, wenn auch in einigem Abstand. Ein streunender Hund, der einen neuen Herrn gefunden hat. Er hatte wohl schon mehrere Herren gehabt. Er vertraute dem Zufall, und er hatte Hunger. Der Lehrer, der allein lebte in einer Ruine, gab ihm Brot und den Rest der Suppe. Der Junge verschlang alles im Handumdrehen. Dann zog er eine Zigarette aus der Hosentasche, brach sie geschickt in zwei Teile und gab die Hälfte dem Lehrer, der verwundert sagte: Aber du bist doch zu jung fürs Rauchen, wie alt bist du überhaupt? Der Junge zeigte ihm beide Hände und dann noch zwei Finger eigens. Dann holte er die Zündholzschachtel

vom Herd und zündete erst dem Lehrer, dann sich selber die Zigarette an. Wie er das tat, ließ den Lehrer denken, daß das kein gewöhnlicher Gassenjunge war, und er überlegte, wie der Kleine aussehen würde, wäre er sauber gewaschen und nicht in Lumpen. Aber irgendetwas hielt ihn davon ab, dem Jungen zu sagen, er sei schmutzig. Vielleicht, wenn man ihm saubere Wäsche und ein sauberes Hemd hinlegte, vielleicht käme er selber drauf, sich zu waschen. Woher aber saubere Kleidung nehmen. Niemand hatte mehr als das, was er auf dem Leib trug. Der Krieg hatte alles aufgefressen.

Aber der Lehrer hatte einen Einfall: er stellte ein Holzschaff mit Wasser in die Sonne, zog sich aus, stieg hinein und wusch sich. Der Junge schaute erstaunt zu, dann lachte er, denn er hatte begriffen. Er zog sich auch aus, und als der Lehrer herausstieg, tauchte er ins Wasser, das sofort schmutzig wurde. Er holte eine Handvoll Sand und rieb sich ab und tauchte wieder unter. Er hatte einen Heidenspaß. Als er endlich aus dem Schaff stieg, sah man, daß er eine schöne braune Haut hatte und blauschwarze Haare. Ehe er sichs versah, hatte der Lehrer seine Kleider ins Wasser geworfen und begonnen sie zu waschen. Dem Jungen gab er ein Handtuch. Die Sache mit dem Waschen der Kleider gefiel dem Jungen nicht. Er versuchte sie dem Lehrer zu entreißen, als sie noch naß waren.

Hab keine Angst, du kriegst sie bald wieder, sie trocknen rasch, dann sind sie sauber, und du ziehst sie wieder an.

Der Junge blieb mißtrauisch stehen. Was der Lehrer tat, das war ein Eingriff in seine Freiheit, denn nackt war er dem Lehrer ausgeliefert, nackt konnte er nicht davonlaufen. Schließlich fügte er sich, wickelte sich ins Handtuch und rollte sich zusammen wie ein Hund.

Der Lehrer hängte die Kleider über den Zaun. Eine Nachbarin sagte: Was für Lumpen hängen Sie da auf?

Ich würde gern was Besseres aufhängen, sagte der Lehrer, aber der Junge hat nichts andres und ich auch nicht.

Aber ich, sagte die Frau, und nach einer Weile brachte sie Hose und Hemd, beides etwas zu groß, aber noch gut. Die Hose kann man abschneiden, die Hemdärmel schlägt er hoch, so gehts. Aber was für ein Junge ist denn das?

Was weiß ich. Er versteht Deutsch, redet aber kein Wort, und seine Eltern hat man erschossen oder sonstwie umgebracht, das hat er mir gezeigt.

Ist er ein Negerkind?

Nein, er ist doch nicht schwarz, was denken Sie.

Na ja, wär auch nicht schlimm. Könnt ein Mischling sein. Soviel seh ich: eine fremde Rasse ist das. Sie, ich sag Ihnen was: das ist ein Zigeuner. Schauen Sie mal seine Haare an: wie Rabenfedern, schwarzblau. Das sind Zigeunerhaare.

Na, und?

Gar nix: und. Mich interessierts nur. Haben Sie genug zu essen für ihn? Na was frag ich. So ein Bub will essen. Ich bring was.

Der Lehrer ging zu dem Jungen, der so tat, als ob er schlief, aber er blinzelte, er war wach.
Also, sagte der Lehrer, du hasts gehört. Und wo sind die Deinen?
Der Junge schüttelte den Kopf. Er tat es auf eine Art, die deutlich sagte: sie sind fort, weit fort, für immer.
Haben sie dich verloren?
Wieder dieses Kopfschütteln.
Bist du ihnen weggelaufen?
Kopfschütteln.
Was ist passiert?
Da zeichnete der Junge mit dem Finger etwas in den Sand. Es war ein vergitterter Eisenbahnwaggon, und hinter das Gitter zeichnete er viele kleine Kreise, die alle drei Punkte hatten: zwei für die Augen und einen für den Mund, und die Münder waren offen. Und vor den Waggon zeichnete er einen Pfeil.
Alle?
Der Junge nickte.
Also dann, sagte der Lehrer. Aber er wußte nicht recht, was er sagen sollte. Jetzt fielen ihm die Augen des Jungen auf, die waren sehr groß und hatten eine blaue Umrandung.
Er ist wirklich ein Zigeuner, dachte der Lehrer, und er dachte weiter: Wenn er ein Zigeuner ist, bleibt er mir nicht, dann ist er das Herumziehen gewöhnt, aber ohne seine Sippe, was kann er da tun. Ich muß warten, bis einmal irgendwo Zigeuner auftauchen. Die lassen keinen der Ihren im Stich. Bis ihn jemand abholt, muß er

eben hierbleiben. Wenn er will. Das ist die Frage. Am besten, ich lasse ihn tun, was er will.
Er richtete dem Jungen ein Lager in seinem Zimmer, dem einzigen heilen Raum im Haus, und sagte nichts als: Wenn du willst, kannst du da schlafen.
Der Junge nickte, und es schien, als freue er sich.
Aber die sauberen Kleider zog er nicht an. Er wartete, bis seine alten Fetzen in der Sonne getrocknet waren, dann zog er sie an, und der Lehrer mußte sich gestehen, daß sie ihm besser standen als die neuen.
Soll er tun, was er will, dachte der Lehrer.
Einige Augenblicke später war der Junge fort.
Ist eben ein Zigeuner, dachte der Lehrer, und es tat ihm leid, daß der Junge fort war.
Aber am Abend war er wieder da, und er hatte in einer alten Blechdose Himbeeren gesammelt, die bot er dem Lehrer an und wollte davon nichts nehmen.
Und jetzt sagte er deutlich: Dir!
Du kannst also Deutsch!
Weniges.
Aus welchem Land kommst du?
Viele Land.
Welche Sprache hast du mit den Deinen gesprochen?
Roman.
Willst du gutes Deutsch lernen bei mir?
Er zuckte die Achseln. Vermutlich wußte er nicht, wie dieses Lernen vor sich gehen würde.
Warst du irgendwann in einer Schule?
Er schüttelte den Kopf und zugleich den Oberkörper, als

schüttelte er etwas Lästiges ab. Er schien zu wissen, was eine Schule ist.

Laß nur, sagte der Lehrer; du brauchst mir nur zuzuhören, dann lernst du's von selber, so ganz nebenbei.

Am nächsten Tag sah er den Jungen vor seinem Bücherregal stehen und ein Buch herausziehen.

Was da drin? fragte er den Lehrer.

Das ist ein Geschichtsbuch.

Wie erklärt man einem Zigeuner, was deutsche Geschichte ist.

Also: du gehörst zu einem Volk, ich zu einem andern, jedes Volk hat vieles erlebt, seit es besteht, und das steht da drin.

Von uns?

Nein, von euch nicht. Ihr müßt selber so ein Buch haben. Habt ihr eins?

Der Junge schüttelte den Kopf.

Der Lehrer sagte: Aber ihr kennt eure Geschichte. Die erzählt euch die Großmutter. Ist es so?

Ist so.

Der Lehrer hoffte, mehr von ihm zu erfahren über sein Volk, aber der Junge schwieg. Er nahm das nächste Buch aus dem Regal.

Und da drin?

Das ist die Bibel. Da steht drin, wie Gott die Erde erschaffen hat und die Menschen.

Und die Juden.

Was weißt du denn davon?

Wie Roma.

Er zeigte auf die Zeichnung des Eisenbahnwaggons, die noch nicht verwischt war, und er zeichnete neben den Pfeil einen zweiten, der in dieselbe Richtung zeigte und dann einen dritten, der nach Nordosten zeigte.

Der Lehrer fragte nichts. Es gab nichts zu fragen.

Aber der Junge hatte doch noch etwas zu sagen: er zeichnete ein Männchen in den Sand, das dem Zug nachlief, dann wischte er es aus und zeichnete ein kleineres, und wischte es wieder aus, und ein immer kleineres, und zuletzt wars nur mehr ein Punkt, und der Junge deutete auf sich selber und wischte den Waggon aus.

Du bist dem Zug nachgelaufen?

Er sagte nichts. Er nahm ein Buch aus dem Regal.

Da drin?

Lauter Geschichten für Kinder. Willst du sie lesen?

Der Junge stellte das Buch rasch wieder zurück.

Im nächsten Augenblick war er fort. Er hatte die Gabe, lautlos zu verschwinden.

Als er gegen Abend wiederkam, schwenkte er etwas wie eine Fahne. Es war ein totes Huhn.

Für Essen, sagte er und strahlte.

Um Gottes willen, wo hast du das gestohlen?!

Er wiederholte: Für Essen.

Aber sein strahlendes Lächeln verschwand.

Komm, sagte der Lehrer, wir gehen dorthin, wo du's genommen hast, und ich bezahle es. Man darf nicht stehlen.

Der Junge zeigte fünf Finger und sagte: Hat Frau, wir kein.

Ja, aber wir müssen bezahlen, wenn wir was nehmen.
Warum? Hat viele, wir kein.
Ach du, sagte der Lehrer, ach du. Zeig mir, wo du es genommen hast.
Weit. Jetzt braten.
Und schon begann er geschickt die Federn auszurupfen. Der Lehrer war ratlos. So also durfte das nicht gehen. So konnte er den Jungen nicht behalten. »Zigeuner stehlen.« Frau hat fünf, wir keins. Das war eine Moral. Aber sie galt nicht in diesem Städtchen, wo er Lehrer war. Lehrer! Ein Lehrer noch ohne Schule und ohne Schüler, gut, aber immerhin, bald wird alles wieder in die rechte Ordnung kommen. Die rechte. Ist es die rechte? Frau hat fünf, wir keins. Ja schon, aber hör mal, die Frau hat das Kücken gekauft und aufgezogen und das Huhn gefüttert, sie, nicht wir, dafür müssen wir ihr Geld geben, Geld müssen wir ihr geben, hörst du?
Der Junge sagte nichts, er rupfte, daß Federn und Flaum flogen.
Gerade in diesem Augenblick kam die Nachbarin mit einem Wecken Brot.
Ah, sagte sie, da haben Sie ja schon was. Wo treibt man denn heutzutage ein Huhn auf? Kartoffeln sind auch rar.
Im Hinausgehen sagte sie leise zum Lehrer, aber doch so, daß es der Junge hörte: Aber das soll der Bub nimmer tun, sonst heißt es immer gleich, wenn was fehlt: das hat der Zigeuner getan.

Wir bringen Ihnen nachher Hühnersuppe, sagte der Lehrer.
Aber es gab keine Suppe. Der Junge hob ein Loch im Garten aus, schichtete Holz hinein, zündete an, steckte einen Eisenstab durchs Huhn, wartete, bis Glut genug da war, legte den Spieß über zwei Astgabeln und briet das Huhn. Der Duft war weitum zu riechen, und schon kamen Kinder und standen herum, und einige halfen dann den Spieß drehen und konnten es nicht erwarten, bis man essen konnte. Es war eine lustige Gesellschaft, und nicht alle Kinder waren aus dem Ort, und nicht alle waren Deutsche, es gab zwei Negermischlinge und einen Polen und einen, der auch ein Zigeuner sein konnte, aber keiner war, sagte der, der einer war. Fast lauter Waisenkinder, Heimatlose, Streuner.
Der Junge, der jetzt allen sagte, er heiße Munjo, fühlte sich als stolzer Gastgeber. Niemand fragte, woher das Huhn kam. Alle stahlen in jener Zeit. Warum sollte Munjo nicht stehlen, fragte sich der Lehrer.
Aber Munjo stahl nicht mehr. Warum nicht. Vielleicht wollte er, als Lehrers Munjo, besser sein als die andern Kinder. Oder er wollte zeigen, daß nicht wahr ist, was man sagt: Zigeuner stehlen.
Bisweilen verschwand er für einige Tage, aber er brachte nichts Gestohlenes mit, sondern nur Pilze und Beeren, und einmal einen Igel. Aber den durfte er nicht braten auf Zigeunerart: in Lehm eingeschlagen und im Feuer gegart.
Laß ihn laufen, Munjo, er ist nützlich im Garten.

Munjo schüttelte eigensinnig den Kopf und wollte den Igel nicht freilassen. Da sagte der Lehrer nichts mehr, sondern ging einfach weg. Er wußte, daß der Junge ihn nicht verstehen konnte. Warum soll man den Igel nicht essen. Er ist gut zu essen. Nie erfuhr der Lehrer, ob ihn Munjo nicht irgendwo, weit weg, gebraten hatte. Er fragte nicht, und es wurde nie mehr darüber geredet.
Was das Reden überhaupt angeht, so wunderte sich der Lehrer, wie rasch Munjo Deutsch lernte, einfach durchs Hören.
Dem Lehrer machte das Freude, er war eben durch und durch ein Lehrer, und er war stolz auf seinen Schüler, der vorläufig noch der einzige war, denn die Schule wurde erst wieder aufgebaut, und viele Kinder waren noch nicht aus ihren Fluchtorten zurückgekehrt. Der Sommer ging hin, und der Lehrer konnte sich sein Leben nicht mehr ohne Munjo vorstellen.
Eines Tages trat eine Störung auf: es kam ein Mann in einer abgerissenen Soldaten-Uniform, an den Füßen keine Stiefel, sondern nur Sohlen aus Autoreifen geschnitten und mit Schnüren gebunden. Der Lehrer erkannte ihn zuerst nicht, und doch war es sein bester Freund, der aus der Kriegsgefangenschaft sich durchgeschlagen hatte, vom Balkan bis in dieses Städtchen, und er wollte noch weiter, nämlich heim.
Wer ist der Junge da?
Mein Sohn, sagte der Lehrer.
Aber geh, das ist kein Deutscher, das ist einer von da unten, diese Gesichter kenn ich. Das ist ein Roma, ein

Zigeuner, der kann Ungarisch, wirst sehen. Paß mal auf.

Er rief den Jungen auf ungarisch, und Munjo antwortete auf ungarisch, vermischt mit fremden Brocken. Der Lehrer hörte mißtrauisch zu. Der Besucher erfuhr offensichtlich alles, was ihm Munjo nicht hatte erzählen können oder erzählen wollen. Wie gut sich die beiden unterhielten. Der Lehrer war wütend vor Eifersucht, aber er zeigte es nicht, und andrerseits hoffte er, nun auch alles über Munjo zu erfahren.

Ob es alles war, ist nicht festzustellen, vielleicht ja, vielleicht nein, vielleicht verschwieg der Soldat manches, vielleicht verschwieg Munjo etwas, oder er log einfach das Blaue vom Himmel herunter, wer weiß. Was der Lehrer erfuhr, war dann dies: Munjos Sippe stammte aus der Nähe von Budapest, der Vater war Musiker, alle Männer der Familie waren berühmte Musiker, und sie verdienten viel und waren angesehen; Herrenzigeuner waren sie, bis die Deutschen kamen, da flohen sie von Ort zu Ort, von Land zu Land, über Jugoslawien nach Italien, dort wurden sie gefangen und nach Deutschland transportiert, da entkamen sie, das heißt einige von ihnen, aber sie kamen dann doch ins Lager, nach Polen, nach Treblinka, oder so. Andre kamen nach Auschwitz, da mußten sie der SS aufspielen, und dann hörte man nichts mehr, nie mehr. Das wars. Weiter nichts. Und das war sicher nicht gelogen, höchstens die Sache mit der Berühmtheit, aber auch das konnte wahr sein. Gelogen war vielleicht, daß die Zigeuner der SS aufspielen muß-

ten, denn woher sollte Munjo das wissen, aber möglich war auch das.
Also, sagte sich der Lehrer, wenn Munjo aus einer Musikerfamilie kommt, muß er auch begabt sein.
Singst du mir was vor, Munjo?
Munjo gab keine Antwort, er lief weg. Aber am Abend hörte er, wie er dem Soldaten etwas vorsang. Dem singt er vor, nicht mir, dachte der Lehrer, aber er dachte auch: Sie kennen beide Ungarn und kennen dieselbe Sprache. Aber er war froh, als der Freund bald weiterging, der Heimat zu. Als er weg war, war auch Munjo weg.
Zigeuner, dachte der Lehrer und machte einen dicken Strich unter das Kapitel. Aber am Abend war Munjo wieder da. Er hatte den Mann ein Stück weit begleitet.
Du, rief der Lehrer und packte Munjo am Arm, du, lauf mir nicht weg, hörst du?!
Der Junge schüttelte ihn ab und verschwand.
Es war schon dunkel, da hörte er aus dem Garten eine Flöte, so eine, wie Buben sie sich schnitzen aus Holz. Aber wie sie gespielt wurde, so spielte keiner aus dem Dorf. Jetzt spielt er für mich, dachte der Lehrer.
Mein Sohn, dachte er, mein Kind. Und er dachte, er wolle ihn adoptieren, eines Tages, vorausgesetzt, daß Munjo blieb. Er wird nicht bleiben, dachte er und spürte den Schmerz voraus. Aber es wurde Herbst, und Munjo war noch bei ihm und machte sich nützlich. Er war geschickt in allem. Er half den Maurern beim Schulhausbau, er reparierte eine Wasserleitung, er holte Reisig aus dem Wald, er hackte Holz, er verdiente Geld und er

brachte es dem Lehrer, den er immer nur einfach Du nannte.
Eines Tages sah er im Wirtshaus, wohin er Holz trug, eine Geige. Er nahm sie und zupfte sie an und stimmte sie, und als sich dann der Bogen dazu fand, spielte er. Es war eine schlechte Geige, und der Bogen hatte die Hälfte der Haare verloren, aber Munjo spielte, und die Leute kamen und klatschten. Es stellte sich heraus, daß es noch eine andre Geige gab im Dorf, die herrenlos war und für die niemand sich interessierte. Das war eine gute Geige, und Munjo spielte. Wenn er nur nicht immer so traurige Sachen spielen würde, sagten die Leute. Sie sangen ihm Tanzmelodien vor, und er spielte sie nach, und auf einmal war er berühmt im Ort, und wenn man von ihm redete als dem »Zigeuner«, so wars kein Schimpfwort, sondern so was wie »unser Künstler«.
Er fand bald einen weiteren Beruf, er wurde sozusagen Bibliothekar. Der Lehrer hatte herausgefunden, daß die Bücher der Stadtbibliothek gar nicht mit dem Rathaus zerbombt und verbrannt waren, sondern, zum Teil wenigstens, im Keller des Pfarrhofs versteckt. Da holte man sie heraus. Der Pfarrer wollte sie in seinem Haus unterbringen, aber der Gemeinderat war dagegen. Er wollte keine Pfarrbibliothek daraus machen. Die Leute hatten etwas gegen den Pfarrer, der, als die Juden der Stadt abtransportiert wurden, hinter dem Vorhang des Fensters stand und zuschaute und kein Wort sagte. Freilich: auch die andern standen hinter ihren Vorhängen, schauten zu und sagten kein Wort. Aber das waren eben die andern,

und vom Pfarrer hatten sie das Signal zum Protest erwartet, von ihm wollten sie sich Mut holen, und als er selber mutlos dastand, verloren sie ihren eigenen Mut, und das nahmen sie ihm übel noch nach Jahren.
Also: die Bücher bleiben nicht im Pfarrhof, die kommen ins neue Schulhaus.
Den Umzug überwachte der Lehrer, oder eigentlich war es Munjo, der die Bücher auf Schubkarren lud, Buch um Buch, als wären sie zerbrechliche Ware, und er lud sie so auch wieder ab und reichte eins ums andre dem Lehrer, der sie in Regale ordnete. Das war eine Arbeit für Wochen, denn der Lehrer hatte im Spätherbst mit der Schule begonnen, zusammen mit drei Lehrerinnen, zwei älteren und einer jungen, die sich nach und nach einstellten. Die junge Lehrerin übernahm die Bücherei, das heißt, sie sollte die Bücher ausleihen, aber noch hatte niemand Zeit und Lust zum Lesen, man hatte anderes zu tun, Handfestes: aufbauen, was der Krieg zerstört hatte. So blieb die Bücherei unbenützt.
Das stimmt so nicht: einen Benutzer gabs, einen heimlichen, das war Munjo. Den konnte man, wenn man ihn dort vermutet hätte, sitzen sehen, Tag für Tag, ein Buch in der Hand. Konnte er denn lesen?
Eines Tages kam eine junge Frau auf den Gedanken, sich ein Buch auszuleihen. Die Lehrerin war nicht da, wozu hätte sie auch in der Bücherei sein sollen, da kein Mensch ein Buch haben wollte. Aber Munjo war da. Die junge Frau verlangte ein bestimmtes Buch, und Munjo sagte, das gebe es nicht hier, aber es gebe andre schöne, zum

Beispiel eines, in dem dies und das steht. Munjo erzählte in seinem komisch-eindrucksvollen Deutsch eine lange Geschichte, die der Frau sehr gefiel, und sie nahm das Buch mit, aber nach einigen Tagen brachte sie es zurück und sie sagte, das sei das falsche Buch, die schöne Geschichte, die Munjo erzählt hatte, stehe nicht da drin, er habe sich geirrt. Da gab er ihr ein anderes und erzählte wieder den Inhalt, und als die Frau das Buch las, war es wieder eine ganz andre Geschichte, lange nicht so schön wie die, welche Munjo ihr erzählt hatte. Als sie ihm das Buch zurückbrachte, fragte sie, ob er es denn gelesen habe. Da lachte er nur. Jetzt nahm sie kein Buch mehr mit, sondern blieb sitzen und ließ sich Geschichten erzählen, und von da an kam sie fast jeden Tag, und dann brachte sie auch andre Frauen mit, und die saßen nun in der Bibliothek und hörten Munjo zu.

Der Lehrer wunderte sich über die Besuche dort, und eines Tages kam er hinzu, als Munjo gerade mitten im Erzählen war. Da lachte Munjo und hörte auf zu erzählen, und so sehr ihn die Frauen bedrängten, er erzählte nicht weiter.

Als der Lehrer ihn hernach fragte, was für Geschichten er denn erzähle, sagte er: Wie sie mir einfallen.

Ob es denn Geschichten seien, die man ihm erzählt habe, früher. Nein, die erfinde er selber, einfach so.

Das ging nun den ganzen Winter über, den zweiten Nachkriegswinter, bis eines Tages Polizisten kamen und Munjos Papiere sehen wollten. Er hatte keine. Er mußte aber welche haben. Wer keine Papiere hatte, wurde abgeschoben. Wohin aber? Der Lehrer sagte: Das ist mein Sohn. Sie sagten, er solle nicht lügen. Er sagte, es sei sein Adoptivsohn, er habe Antrag auf Adoption gestellt. Sie sagten, das gehe nicht, denn ein Unverheirateter könne kein Kind adoptieren, und überhaupt: so einen Hergelaufenen adoptiere man nicht.

So, sagte der Lehrer, also dann heirate ich eben, und was das Hergelaufensein angeht: wir Deutschen haben seine Eltern und seine ganze Sippe umgebracht, in Auschwitz, jawohl.

Da gingen sie. Und jetzt mußte der Lehrer sich eine Frau suchen. Er dachte an die junge Lehrerin, in die er verliebt war. Sie sagte ja, das habe sie sich schon lang gewünscht, aber er habe ja nie Augen für sie gehabt, nur für den Zigeuner, aber der müsse dann aus dem Haus, ein Zigeuner ist und bleibt ein Zigeuner, ein Fremder, da weiß man nie, woran man ist, von Adoptieren könne sowieso keine Rede sein, und überhaupt, so jung er ist, verdreht er schon allen Mädchen den Kopf, sie finden ihn den Allerschönsten im Dorf, und er ist auch wohl älter, als man meint, dreizehn ist der nicht, der wird gefährlich.

Also dann nicht, sagte der Lehrer und drehte ihr den Rücken zu.

Von da an war der Friede dahin.

Eines Tages kam eine Vorladung zur Polizei: dieser Fremde sei nicht registriert und erfülle die allgemeine Schulpflicht nicht; so und so ist er illegal hier.

Der Lehrer stellte einen Antrag auf Einbürgerung oder auf einen Fremdenpaß. Das Recht dazu wurde dem Lehrer abgesprochen. Das könne nur ein amtlich bestellter Vormund. Also dann sei er, der Lehrer, bereit, den Vormund zu machen. Ja, aber dazu müsse er eine Ermächtigung haben von den Verwandten des Jungen.
Herrgott, schrie der Lehrer, die haben wir doch alle umgebracht, in Auschwitz!
Da müssen wir erst Beweise haben. Papiere von dort. Fotos, Daten. Die gibt es. Und überhaupt, Herr Lehrer, Sie laden sich nichts als Scherereien auf. Meinen Sie, die Leute hier wollen einen Zigeuner unter sich haben?
So, sie wollen ihn nicht? Sie hören ihm zu, wenn er singt und erzählt, sie tanzen, wenn er aufspielt, sie mögen ihn alle.
Das täuscht, Herr Lehrer. Wir raten Ihnen: lassen Sie ihn laufen; über kurz oder lang läuft er doch weg; sobald Zigeuner auftauchen, läuft er mit ihnen, Zigeuner bleibt Zigeuner, glauben Sie uns.
Er bleibt.
Das werden wir sehen.
Eine Woche später kam die Lehrerin zur Polizei: ihr fehle ein goldener Ring, und sie habe einen Verdacht; sie sagte nicht rundheraus, wen sie in Verdacht habe, aber die Polizei verstand, und sie fand schon recht bald den Ring unter Munjos Matratze. Munjo wurde vorgeführt. Als man ihm sagte, er habe den Ring gestohlen, wurde er blaß. Das nahm man als Zeichen der Angst und des Eingeständnisses. Er war aber blaß vor Zorn. Ich stehle

nicht, sagte er und weiter nichts. Der Lehrer schrie: Munjo stiehlt nicht, zwei Jahre ist er bei mir, und nie nie nie hat er etwas gestohlen; beweisen Sie es, daß er der Dieb ist! Ich habe einen ganz andern Verdacht.
Aber niemand wollte wissen, wen er verdächtigte. Die Polizisten zogen es vor, wieder zu gehen.
Aber schon ein paar Wochen später kamen neue Anzeigen: hier war ein Hemd von der Wäscheleine verschwunden, dort fehlte eine Geldbörse, dort eine Stange Zigaretten, und schließlich sprach es sich herum, daß man den Dieb kenne und daß es ihm nicht mehr lange erlaubt sein werde, sein Unwesen zu treiben.
Eines Tages fand man Munjo, wie er eine Zigarette rauchte, gerade so eine, wie sie in dem gestohlenen Paket waren. Munjo verstand nicht, was ihm geschah, als er sich plötzlich von den zwei Polizisten ergriffen und fortgeführt sah. Er ging einfach mit. Man sperrte ihn in einen Keller, da das Gefängnis noch nicht wieder aufgebaut war.
Als der Lehrer erfuhr, was geschehen war, lief er zur Polizei und erhob Protest: es fehle jeder Beweis für den Diebstahl. Man vertröstete ihn: die Sache werde sich schon aufklären.
In der Nacht endlich fand der Lehrer das Kellerfenster, hinter dem Munjo saß. Das Gitter war nicht sehr fest eingemauert, man konnte es mit einiger Mühe herausbrechen.
Als die Polizisten am Morgen kamen, war der Kellerraum leer, das Gitter aber an Ort und Stelle, und das

Türschloß nicht berührt. Hatten Zigeuner Zauberkräfte?

Nun: der Zigeuner war fort, der Fall war erledigt.

Aber auch der Lehrer war fort.

Es seien in der Nähe Zigeuner gesichtet worden, hieß es; die haben ihn verschleppt: oder nein: mit denen ist er freiwillig gezogen; er ist Zigeuner geworden. Eine Weile wurde noch darüber geredet, dann vergaß man die Geschichte. Es gab nur eine einzige Person, die sie nicht vergaß: das war die Lehrerin. Man erfuhr, daß sie Nachforschungen anstellte, man wußte nicht, was sie damit wollte. Eines Tages zog sie fort, dann verlor sich ihre Spur, die ohnehin niemand aufgenommen hatte.

Es wäre gut, wenn die Geschichte so ausgegangen wäre: die Lehrerin fand die Zigeuner, sie fand Munjo, und sie fand den Lehrer, und sie blieben zusammen. Aber das wäre ein Märchen, so eines, wie Munjo sie erzählte: lauter Märchen mit einem glücklichen Ausgang, erfunden von einem, der nichts als Angst, Verlassenheit und Tod erfahren hatte.

WIE IN EINEM SPIEGEL

Maria Mühlbauer, Bankangestellte, vierzig Jahre alt, unverheiratet, hat am 20. März 1971 auf dem Viktualienmarkt in München Gott gesehen. Es war ein Samstag, und die Bank hatte geschlossen. Maria benützte den freien Tag dazu, für ihre zahlreichen Verwandten das Gemüse einzukaufen.

Sie hatte bereits alles besorgt, als eine Frau, die vor ihr ging, von einem Verkaufsstand eine Schachtel mit Eiern stieß. Die Frau, erschrocken und feig, deutete rasch auf Maria und rief: Die da hats getan. Das war gelogen, und andere Frauen beschimpften sie. Die Frau schimpfte wieder, es entstand ein kleiner Aufruhr. Maria, die schon als Kind nicht hatte leiden können, wenn andre gedemütigt und bestraft wurden und sich immer ein wenig mitschuldig fühlte, wenn andre Böses taten, trat jetzt entschlossen vor und sagte: Ich bin schuld, ich habe die Frau angestoßen, dann erst hat sie die Schachtel heruntergestoßen, den Schaden zahle ich. Sie legte das Geld für zwölf Eier auf den Ladentisch und ging still fort. Auch hinter ihr wurde es still.

Maria bog um die nächste Ecke und wollte dort die schweren Taschen für einen Augenblick abstellen. Aber mitten im Bücken hielt sie inne und vergaß, was sie hatte tun wollen. Sie sah nämlich etwas, was sie noch nie gesehen hatte: im Schaufenster eines Metzgerladens spiegelten sich die Blumen eines gegenüberliegenden Verkaufsstandes zwischen den aufgehängten Kaninchen mit starren Läufen und glasigen Augen und einem Lämmchen, schon abgehäutet, weiß und nackt und augenlos. Als Maria bemerkte, daß auch sie sich zwischen den toten Tieren und den eigentlich auch schon toten Blumen im Fenster spiegelte, fühlte sie einen Schmerz. Es war ein ganz bestimmter Schmerz, sie kannte ihn schon aus ihrer Kinderzeit. Immer, wenn sie ihn fühlte, drängte sie es, zu sagen: Ich bin schuld, ohne daß sie hätte sagen können, wieso und woran sie schuldig sei. Sie wäre jetzt gerne weitergegangen, aber etwas hielt sie. Und auf einmal sah sie, wie im Fenster etwas zu geschehen anfing: die Blumen und die Tiere bewegten sich. Vielleicht waren es vorüberziehende Wolken, die eine Bewegung spiegelten. Es war ungefähr so, wie wenn man ein Kaleidoskop schüttelt und die bunten Glassplitter immer neue Muster bilden. Maria schaute und schaute, und auf einmal blieb ein Muster ruhig stehen: es war Gott. Er war zusammengesetzt aus vielen Blumen und Tieren und ihr selber. Gott hatte große Augen. Es waren Menschenaugen und auch Tieraugen, und sie waren auch wie das Innere von Margeriten und Sonnenblumen, auch wie Querschnitte von Baumstämmen, die ihre Jahresringe zeigen. Sie waren auch wie offene Tore, durch die man eintreten konnte, ohne zu wissen, wie das enden würde. Maria trat ein und sie ging und ging und sah dabei immer die Augen vor sich, als wäre sie noch gar nicht eingetre-

ten. Sie wünschte sich nichts als immer so weiterzugehen.
Auf einmal stieß jemand sie an, sie erschrak und ließ ihre beiden Taschen fallen. Das Gemüse rollte über das Pflaster. Jemand sagte laut: Jetzt stehen Sie schon eine Stunde so da, was ist mit Ihnen, sind Sie verrückt?
Maria kehrte von weit her zurück. Sie begann ihr Gemüse einzusammeln. Als sie noch einmal einen Blick auf das Spiegelfenster warf, sah sie, wie Gott sich wieder in Blumen und Tiere und sie selbst zurückzuverwandeln begann. Dann ging sie heim.
Da ihr Gott zum ersten Mal begegnet war, hätte sie gern mit jemand darüber geredet. So etwas möchte man mitteilen und klären. Es schien ihr sonderbar und unglaublich, daß Gott gerade ihr begegnet war, denn dafür lag kein Grund vor. Sie wußte nicht einmal, ob sie getauft war. Ihre Eltern hatten nichts zu tun mit Kirche und Religion, und Maria, die den Religionsunterricht in der Schule besuchen mußte wie alle Kinder, hatte dort nichts gelernt über Gott. Er mußte sich in ihrer Person geirrt haben. Maria wagte lange nicht, mit jemandem darüber zu reden. Aber eines Tages entschied sie sich, zu einem Pfarrer zu gehen. Sie stellte sich vor, daß er von Berufs wegen in derlei Dingen Bescheid wisse. Als sie am Pfarrhof geklingelt hatte, kam eine ältere Frau mit einem schwarzen Schwesternhäubchen, die streng fragte, was sie wünsche. Maria sagte leise, sie wolle den Herrn Pfarrer sprechen. Die Schwester schien sehr erstaunt über dieses Ansinnen. Sie rief: Den Herrn Pfarrer? Sie mei-

nen den Herrn Geistlichen Rat? Und um diese Tageszeit, so früh am Morgen! Und ist es denn etwas Wichtiges, was Sie sagen wollen?

Diese Frage schüchterte Maria vollends ein. Sie schwieg, um nachzudenken, ob es wichtig sei, was sie sagen wollte. Aber die Pfarrschwester hatte keine Zeit abzuwarten, was Maria durch Nachdenken herausfinden würde. Sie fragte: Handelt es sich um etwas Charitatives, Finanzielles?

Jetzt konnte Maria rasch ausrufen: Nein, nein, im Gegenteil! Warum sie »im Gegenteil« sagte, wußte sie selbst nicht. Die Pfarrschwester, an schnelles Denken gewöhnt, sagte: Wollen Sie vielleicht beichten?

Diese Frage kam für Maria unerwartet. Beichten? sagte sie und fing an zu überlegen, ob man das Beichten nennen könne, was sie tun wollte. Die Pfarrschwester deutete Marias Zögern in ihrem Sinne: Nun also, Beichten hat jedermann nötig, wir sind alle Sünder. Maria, die hier eine, wohl die einzige Möglichkeit sah, mit dem Pfarrer zu reden, sagte jetzt: Ja. Die Pfarrschwester seufzte erleichtert. Nun gut, warten Sie hier, Sie können gleich im Sprechzimmer beichten, wenn Sie wollen.

Maria sagte wieder ja und setzte sich. Die Schwester ging. Maria wartete. Nach einiger Zeit kam der Pfarrer. Er erinnerte Maria an den ersten Direktor ihrer Bank, und er roch auch nach demselben Rasierwasser.

So, sagte er mit einer wohlklingenden Stimme, Sie sind gekommen, um sich eine Last von der Seele nehmen zu lassen. Beginnen Sie! Er zog ein violettes Band aus der Tasche und hielt es sich vor das Gesicht und schloß die Augen. Maria dachte nach, ob es zutreffe, daß sie sich eine Last von der Seele reden wollte, und sie entschied, daß das nicht zutraf. Sie hatte das Gefühl, als handle es sich um Gegenteiliges, aber sie sah sich außerstande, das, was sie dachte oder fühlte, in Worte zu bringen.

Der Pfarrer wartete noch ein Weile weiter, dann sagte er: Es gibt keine Schuld, die nicht gesühnt werden könnte. Haben Sie Vertrauen!

Aber Maria schwieg weiter. Da nahm der Pfarrer das lila Band vom Gesicht und sagte ungeduldig: Also, was ist?

Maria entschuldigte sich, daß sie ihn habe warten lassen, aber es sei nicht so, daß sie beichten wolle, sie habe nur eine Frage.

Der Pfarrer sagte: Also fragen Sie, aber bedenken Sie, daß ich wenig Zeit habe. Können Sie sich kurz fassen?

Maria sagte: Ich möchte nur fragen, ob Sie schon einmal Gott gesehen haben.

Jetzt war es heraußen. Der geistliche Herr wich etwas zurück und begann, Maria scharf zu mustern. Was wollte die Person mit dieser Frage? Vermutlich war es eine naive Atheistin, die ihm zu verstehen geben wollte, daß, wenn er Gott nie gesehen habe, es Gott nicht gebe. Eine törichte kleine Materialistin, vermutlich eine verhetzte Kommunistin. Er beschloß, sich nicht provozieren zu lassen. Es lohnte nicht. So sagte er nachsichtig: Gott kann man nicht sehen, weil er reiner Geist ist, liebe Frau

oder liebes Fräulein, aber Gott nicht zu sehen, bedeutet nicht, daß er nicht existiert.
Maria interessierte sich nicht für diese Schlußfolgerung. Sie rief: Man kann Gott nicht sehen? Niemals?
Im Gehirn des geistlichen Herrn begann es zu arbeiten. Die Person schien ihm befremdlich, jedoch ehrlich. Nun erinnerte er sich an einiges, was er über Mystiker gelesen hatte. Je nun, sagte er, es gibt Heilige, von denen fromme Legenden erzählen, daß sie Gott gesehen haben, aber das ist eine unzulängliche Ausdrucksweise für ihre innere Erfahrung von der Allgegenwart Gottes. Es ist nur ein Bild, verstehen Sie? Man sieht Gott nicht, denn was für ein Verdienst wäre unser Glaube, wenn wir Gott mit unsern leiblichen Augen sehen könnten?
Maria versuchte zu verstehen, wieso Glaube unbedingt ein Verdienst sein müsse und besser als richtiges Sehen. Aber sie fühlte sich dem geistlichen Herrn in solchen Gedankenführungen nicht gewachsen, darum schwieg sie. Der Pfarrer fuhr fort: Solange wir hier auf Erden sind, sehen wir Gott nur wie im Spiegel.
Ja! rief Maria laut und sprang auf, so heftig, daß der Pfarrer vor Schrecken selber auch aufsprang.
Ja, sagte Maria, genauso: wie im Spiegel!
Sie fühlte sich jetzt verstanden. Im Spiegel, genauso war es!
Nun wurde es dem geistlichen Herrn ungemütlich. WIE war es, und WAS war so? Setzen Sie sich doch!
Gott war im Spiegel, sagte Maria und setzte sich.
Jetzt wußte der geistliche Herr, daß er es mit einer jener

frommen harmlosen Hysterikerinnen zu tun hatte, die er zur weiteren Behandlung an die Pfarrschwester verwies. Die wurde mit solchen Leuten im Handumdrehen fertig. In schweren Fällen, die ihn an Schizophrenie denken ließen, übergab er sie dem jungen Kaplan, der außer Theologie auch Psychologie studiert hatte. Im Augenblick war der Pfarrer noch nicht sicher, wen er als für diesen Fall zuständig wählen sollte. Nachdem sich die Sache als für ihn und die Kirche ungefährlich erwiesen hatte, konnte er sich leutselig geben. Er sagte: Soso, Sie haben also Gott gesehen. In einem Spiegel?

Eigentlich, sagte Maria nachdenklich, war es kein Spiegel, es war ein Schaufenster auf dem Markt, da spiegelten sich die Blumen zwischen toten Kaninchen, und ich war auch im Spiegel, und auf einmal, als ich an nichts dachte, da...

Sie bemerkte, daß der geistliche Herr auf seine Armbanduhr schaute und nicht zuhörte. Sie erinnerte sich daran, daß er gesagt hatte, sie müsse sich kurz fassen. So sagte sie geradeheraus: Herr Pfarrer, Herr Geistlicher Rat, ich muß wissen, ob Sie schon einmal Gott gesehen haben.

Der geistliche Herr stand auf: Liebe Frau oder liebes Fräulein, ich verstehe von solchen Dingen gar nichts, leider oder... Nun gut, Sie müssen mit dem Herrn Kaplan sprechen. Warten Sie hier, ich muß jetzt zur Pfarrgemeinderatssitzung.

Maria blieb allein und dachte darüber nach, wie seltsam

es sei, daß der Pfarrer nie Gott gesehen habe, wo er doch sein Leben lang mit ihm zu tun habe.

Da kam der Kaplan. Er war sehr jung, schien es Maria. Er nahm alles noch ernst, auch das fühlte Maria. Sie faßte ein wenig Vertrauen. Der Pfarrer hatte seinem Kaplan im Korridor in aller Eile gesagt, worum es ging. Weil der Pfarrer von solchen Dingen nichts verstand, freute es den Kaplan, daß er etwas davon verstand. Er war gleich sehr freundlich zu Maria. Das machte auf sie keinen besonderen Eindruck. Sie wollte nur einfach wissen, ob er oder andre Leute Gott gesehen haben. Der Kaplan schaute sie erwartungsvoll an. Sie sagte: Ich war auf dem Markt, da war ein Schaufenster von einem Metzgerladen, da haben sich Blumen drin gespiegelt und ich war auch drin, und auf einmal hat sich alles bewegt.

Wie schön! sagte der Kaplan, aber Maria ließ sich nicht unterbrechen mit etwas, was nicht zur Sache gehörte. Sie fuhr jetzt rasch fort: Und wie ich so dastehe und schaue und nichts denke, da... Der Kaplan beugte sich etwas vor und schaute Maria an. Das verwirrte sie ein wenig, aber dann fuhr sie schnell fort: Ja, und da, da war Gott im Spiegel.

Der Kaplan schien nicht erstaunt. Er sagte: Und wie sah er aus?

Eigentlich nur wie Augen, sagte Maria, wie Augen von den toten Tieren und auch wie das Innere von Sonnenblumen und wie abgesägte Baumstämme, wo man die Jahresringe sieht. So ähnlich. Ganz richtig kann ichs nicht sagen.

Aha, sagte der Kaplan und schaute Maria an, die ihrerseits den Kaplan erwartungsvoll ansah. Dann fragte der Kaplan: Sie leben allein? Ja? Und Sie sind unverheiratet? Und wie alt?

Sie sagte es. Der Kaplan fuhr fort zu fragen: ob sie viel an Gott denke und bete, ob sie unter Depressionen leide, ob sie krank sei, ob in ihrer Familie Leute seien oder waren, die Ähnliches erlebt hätten.

Sie beantwortete alle Fragen getrost aber verwundert mit NEIN. Der Kaplan war jetzt nicht mehr so heiter. Dazwischen hinein kam ihm der Verdacht, die Person mache sich über ihn und Heiliges lustig, aber so weit reichten bei ihm natürliche Erfahrung und das Gelernte aus sechs Semestern Psychologiestudium, daß er sehen konnte: die Person war gesund, eher kräftig als zart, nüchtern, gutherzig, auch intelligent, wenn auch langsam im Denken. Da wußte er nicht weiter. Tja, sagte er, Sie haben also Gott gesehen. Das ist etwas Seltenes. Wissen Sie, heutzutage sind die feineren Sinne der Menschen verkümmert, und außerdem leugnet man die Möglichkeit unmittelbarer Gotteserfahrung. Man glaubt grundsätzlich nicht mehr an die Existenz von Metaphysischem, trotz aller PSI-Forschung.

Maria hörte ihm zu und verstand ungefähr, was er meinte.

Der Kaplan fuhr fort: Die Leute, verdorben von der Naturwissenschaft, glauben nur mehr, was sie beweisen können. Und Sie können doch nicht wohl beweisen, daß Sie Gott gesehen haben.

Doch! rief Maria, verbesserte sich aber sofort: Beweisen, das nicht, aber wenn der Herr Kaplan mit ihr auf den Markt gehen wolle, könne er Gott vielleicht selber dort sehen.

Der Kaplan, der noch neugierig war und auch gern etwas für eine parapsychologische Zeitschrift verfaßt hätte und plötzlich die Möglichkeit sah, bei dieser Frau die Rolle des Dichters Brentano bei der stigmatisierten Anna Katharina Emmerick zu spielen, sagte entschlossen: Gehen wir!

Es war schon später Nachmittag, und es waren keine Blumen mehr da, und im Metzgerladen hing nur mehr ein einziges Lämmchen. Alles andre war verkauft oder schon in Tiefkühlwagen verstaut. Das Lämmchen hing nackt und kopfunter da und ganz allein. Maria und der Kaplan spiegelten sich in der Scheibe.

Da! rief Maria, denn sie hatte Gott zum zweiten Mal gesehen, wenn auch nur flüchtig.

Der Kaplan bemühte sich, das zu sehen, dem Maria zulächelte, aber er sah nichts als sich, Maria und das Lämmchen, da war nichts zu machen. Er hätte jetzt gern etwas gesehen.

Maria sagte: Sehen Sie?

Er sagte kleinlaut: Ja, ich glaube schon ...

Und morgen, sagte Maria rätselhaft, morgen essen sie das Lämmchen, aber ...

Der Kaplan erwartete das Ende des Satzes, aber Maria sagte nichts mehr.

Den Kaplan aber hatte etwas angerührt, er wußte nicht, was.

Maria schaute ihn an. Er sagte: Jetzt muß ich gehen. Und bitte, reden Sie mit niemand über Ihre Erfahrungen.
Ist gut, sagte Maria.
Am Abend fragte der geistliche Herr seinen Kaplan, wie er mit der Hysterika fertig geworden sei. Der Kaplan erwiderte, er wisse noch nicht, was er von der Sache halten solle, aber eine Hysterika sei diese Frau nicht, sie habe ihm einen sehr guten Eindruck gemacht, und eigentlich: warum sollte man Gott NICHT sehen können?
Darauf wußte der Pfarrer keine Antwort.

JAKOBS KAMPF

Hallo! Ja, Sie meine ich. Wen sonst. Ist ja niemand unterwegs außer Ihnen. Ich hab Sie schon eine Weile beobachtet von der Terrasse aus. In einer sonntäglich leeren Vorstadtstraße fällt man auf, wenn man von Haus zu Haus geht und offenbar ein bestimmtes sucht. Schwierige Suche, wenn kein Name am Tor steht, nicht wahr. Kann ich Ihnen helfen? Kommen Sie herein, sonst muß ich so laut reden. Einen Augenblick: das Tor öffnet und schließt automatisch. Kommen Sie näher! Guten Tag. Wen also suchen Sie? Martin Weyden. Der wohnt tatsächlich hier, wenn er überhaupt irgendwo wohnt. Leider kann ich Ihnen nicht sagen, wo er im Augenblick ist. Er kommt, er geht und pflegt mir nichts zu sagen über seine Wege. Wer ich bin? Martins Vater. Ja doch, er hat tatsächlich einen Vater. Schauen Sie mich doch nicht so entsetzt an. Ich bin kein Wolf, auch wenn mein Sohn... Nun, was führt Sie her? Haben Sie eine Verabredung mit meinem Sohn? Nicht gerade das, aber was dann? Sie wollen mit ihm reden? Er gab Ihnen die Adresse, ohne zu sagen, daß Sie hier seinen Vater antreffen würden. Sie dachten, er habe eine Studentenbude, irgendwo, statt dessen finden Sie diese stinkbürgerliche Villa eines offensichtlich Reichen. Freilich eine Überraschung. Aber doch kein Grund, wegzulaufen. Vielleicht haben wir Glück, und der junge Herr dieses Hauses erinnert sich, daß er hier wohnt und kommt doch auf einen Sprung. Setzen Sie sich. Setzen Sie sich bequem. Das Sitzen auf der Stuhlkante ist auf die Dauer schmerzhaft. Das Warten ohnehin, nicht wahr? Einen Drink? Nein? Auf Ihr Wohl! Wie heißen Sie? Barbara. Einen Familiennamen haben Sie nicht? Nein? Weil Sie keine Familie haben? Wie? Nun gut, Barbara. »Barbara hieß sie und war verliebt, und treulos war ihr Schatz und lief davon, sie hatt' ein Lied von einer Weide, ein altes Lied, doch paßt' es für ihr Leid. Sie starb, indem sie's sang, singt Weide, Weide, grüne Weide. Heiß rollt' die Trän und erweichet das Gestein.« Schön, nicht wahr? Shakespeare, ›Othello‹. Ihr Name rief mir den Text ins Gedächtnis. »Barbara hieß sie und war verliebt.« Aber seien Sie doch nicht zornig, es ist doch nur ein Zitat. Ich liebe Zitate. Ich lese viel. Was sonst soll ich tun an freien Tagen in freien Stunden. Barbara. Sie sind die Freundin meines Sohnes, oder eine seiner Freundinnen? Verzeihung. Nun: bei meinem Sohn dauern solche bittersüßen Vergnügen meist nicht länger als von Vollmond zum nächsten Vollmond. Er läßt die Kirschen nie reifen. Barbara. Ihr Name erinnert mich an vieles. Bleiben Sie sitzen! Was Sie da hören, ist nicht er, es ist Rosali, meine Haushälterin. Wir werden ihn schon nicht überhören, wenn er kommt. Er tritt nicht einfach ein, er bricht herein, als müsse er sich den Eintritt jedesmal von neuem erzwingen. Wie? Ob ich meinen Sohn hasse? Was für ein großes Wort. Die Ehre meines Hasses lasse ich andern angedeihen. Wie gut Ihnen der Zorn steht! Ihre Augen sprühen grüne Funken. Ich verstehe:

Sie beginnen mich zu hassen. Gut, eins zu null, ein Bumerang: die Ehre Ihres Hasses verschenken Sie nicht an mich. Wem gilt er? Bleiben Sie sitzen. Sie interessieren mich. Man soll sich keine Gelegenheit entgehen lassen, zu lernen. Ich meine mich so gut wie Sie. Sie lachen? Sie lachen verächtlich. Oder bitter. Wie Sie es nennen wollen. Sie sind sicher, von mir nichts lernen zu können? Sind Sie wirklich so sicher, zu wissen, wer ich bin? Und sind Sie sicher, daß Sie, als Sie hier eintraten, wußten, wen Sie treffen würden: den Sohn oder den Vater? Sie verstehen nicht. Nun gut. Etwas anderes: wo haben Sie meinen Sohn kennengelernt? Falls ich diese Frage stellen darf, ohne daß Sie Funken sprühen. Am Kanal. Was tat er da? Wollte er sich ertränken? Ich sei zynisch? Ein alter Zyniker, wollten Sie sagen. Mag sein. Vielleicht wären Sie es an meiner Stelle auch. Also, mein Sohn... Warum ich immer mein Sohn sage? Gewohnheit. Das »mein« reizt Sie? Laßen wirs weg? Und Sohn auch? Meinetwegen. Also: Martin saß am Kanal. Und? Er schaute das Wasser an. Weiter. Es sei Abwasser aus der Fabrik, giftiges Wasser voll toter Fische. Ja, ja, ich kenne die ganze hysterische Öko-Litanei: giftige Abgase, giftiger Rauch, giftige Luft. Und sonst sagte er nichts? Sagte er nicht, daß diese Fabrik die seines Vaters ist und daß er der Erbe ist? Sagte er nicht, was diese Fabrik für das Land ringsum bedeutet? Kommen Sie hierher ans Fenster. Schauen Sie: dort hinter dem Pappelwald liegt ein befestigtes Kastell mit Mauern, Toren, Wehrtürmen und wehenden Fahnen. Schauen Sie mich nicht so an, als sei ich verrückt. Lassen Sie mir meine Phantasie. Nein? Seien Sie fair. Versuchen Sie zu begreifen: diese Fabrik ist eine Festung, das Land beherrschend, uneinnehmbar, der Bevölkerung Schutz gebend vor Hunger und Kälte. Tausend Menschen, Barbara, bewahre ich vor Arbeitslosigkeit, rund tausend Familien leben von mir, das bedeutet: rund fünftausend Menschen leben in Sicherheit unter meinen Flügeln. Ich bin ihr Schirmherr, ihr Vater. Fragen Sie diese Leute, fragen Sie jeden einzelnen, ob es meinen Arbeitern nicht gutgeht. Was schauen Sie mich so an mit Ihren unbarmherzigen Augen? Sprechen Sie aus, was Sie denken! Nun? Was für ein Märchen? Von der Hexe, die Hänsel mästet, damit er fett wird und sie ihn fressen kann. Braten und fressen, heißts im Märchen, Sie haben natürlich ein andres Wort dafür. Sie brauchen es nicht auszusprechen, es steht in Ihrem Gesicht. Ein dummes modernes Wort. Wer beutet wen aus, Mädchen? Bin ich nicht auch ausgebeutet? Bin ich mein eigener Herr? Ist mein Arbeitgeber nicht die anonyme Macht, Weltwirtschaft genannt? Saugt mir meine Fabrik nicht das Mark aus den Knochen? Raubt mir der Konkurrenzkampf nicht den Schlaf? Was habe ich vom Geld? Überlegen Sie: diese alte Villa, ererbt, diese Möbel, ererbt, wurmstichig übrigens, ich bin zu träge, um etwas dagegen zu tun. Wohlleben? Was ist das? Kaviar essen, Sekt trinken, in teuren Hotels wohnen? Es ödet mich an. Das Gefühl, Macht zu haben, ja, das ist schon etwas; im Aufsichtsrat großer Konzerne sitzen, angehört werden, in der Politik mitmischen: aber auch das greift sich ab.

Sie lächeln spöttisch. Was sagten Sie? Ich weiß, ich bin in Ihren Augen, diesen unbarmherzigen grauen Augen, ein kapitalistischer Verbrecher. Aber, liebe Barbara, können Sie mir sagen, worin mein Verbrechen besteht? Sie meinen, ich wisse das, und das schlechte Gewissen sei mir ins Gesicht geschrieben, immerhin, das sei schon viel. Angenommen, ich habe ein schlechtes Gewissen: beweist das, daß ich eine Schuld habe? Anfechtbare Logik. Hat nicht jeder ein schlechtes Gewissen? Sind wir nicht damit geboren? Vererbt es sich nicht von den Vätern auf die Söhne? Wüßte ich nur genau, worauf es sich in meinem Fall bezieht. Bin ich schlechter als andre? Bin ich nicht vielleicht sogar ein wenig besser als viele? Zählt denn vor Ihren Richteraugen nicht, daß ich fünftausend Menschen ein menschenwürdiges Leben möglich mache? Was sagen Sie? Ach diese marxistischen Schlagworte. Was heißt das genau: Mehrwert? Einfach sei das? Meinen Sie in Unkenntnis ökonomischer Fragen. Nicht in Unkenntnis? Sie studieren natürlich Politologie, oder? Ist ja Mode. Sie studieren gar nicht? Nicht mehr? Eine Frage: kommen Sie aus einem reichen Haus oder einem armen? Doch, das zu wissen ist wichtig. So hart ist man nur, wenn man großen Reichtum oder große Armut kennt. Ach, daher kenne ich Ihren Namen. Pardo: das Kurhotel. Sie sind also das Gewissen Ihrer reichen Eltern. Zwei Kinder von reichen Leuten finden sich im Haß gegen ihre Eltern. Oder sagen wir: gegen jene Gesellschaft, die es ihren Eltern möglich und leicht macht, Privatkapital anzuhäufen für ihre Erben. Seien Sie froh, daß wir reichen Eltern euch die Möglichkeit geben, unsern Reichtum abzulehnen und sich gegen uns zu stellen unter dem Banner der Gerechtigkeit. Was tätet ihr denn ohne uns Feinde? Wir geben euerm Leben Inhalt. Wir geben euch Klassenbewußtsein und Selbstgefühl. Das ist unsre Schicksalsaufgabe. In meinem Fall kämpfen Sie und Martin gegen eine Windmühle, oder sagen wir: Sie rammen eine Tapetentür mit Eisenstangen. Wie das? Wollen Sie eine Geschichte hören, eine Kurzfassung der Geschichte von Martins Familie? Gut. Martins Ururur-großvater war ein kleiner Bauer, ein sehr kleiner. Sein Land war karg. Es gab nicht genug Futter für zwei Kühe. Da verkaufte er die Kühe und tauschte Schafe dafür ein. Die Schafe fraßen das magere Gras und düngten das Land und gaben Milch und Wolle, vor allem Wolle. Die Frau des Bauern schor die Schafe, spann und webte. Der erste Webstuhl stand dort, wo jetzt die Fabrik steht. Die Leute wurden wohlhabend, eigentlich schon reich. So meinen sie, gings weiter, immer bergauf? Vom Tellerwäscher zum Millionär? Mein Urgroßvater ruinierte das Geschäft. Ein Phantast. Er verschwand in den USA. Mein Großvater fing von vorne an. Er kaufte die ersten automatischen Webstühle. Er wurde reich und baute die ersten Fabrikhallen. Mein Vater spekulierte an der Börse und verlor. Ich begann von vorn. Jetzt ist mein Sohn an der Reihe. Wie? Er wird die Fabrik nicht ruinieren? Er wird sie gar nicht übernehmen? Sagt er das? Oh, das erspart mir die Brandstiftung. Schauen Sie nicht so entsetzt. Ich bin nicht verrückt. Ich rede von meinem

Traum. Ich träume ihn immer wieder. Ich sitze, im Traum, vor meinem Kamin, in dem ein schönes Feuer brennt. Plötzlich reiße ich ein brennendes Scheit heraus, werfe es auf den Teppich, zerschlage Stühle und Bilder, werfe alles ins Feuer und gehe fort. Einfach fort. Hinter mir stürzt das Haus ein. Das Krachen weckt mich auf. Mein Wunschtraum. Brandstiftung ist keine Lösung. Ich weiß. Wie? Was wollen Sie damit sagen? Ich träume einen geraubten Traum? Wem geraubt? Meinem Sohn? Oder träumen wir beide denselben Traum? Handeln wir als geheime Komplizen? So wären Vater und Sohn sich einig? Einer wäre die Projektion der Geheimwünsche des andern? Und am Ende der Familienchronik reichen sie sich die Hände über einem rauchenden Trümmerhaufen? Nein? Wie denn? Hat er eine bessere Lösung? Zum Teufel, wer stört uns? Nein, es ist nicht Martin, es ist der alte Gärtner. Das bedeutet: es ist vier Uhr. Er kommt Punkt vier vorbei. Gleich wird die Kuckucksuhr schlagen, und bei eins springt der Holzkuckuck heraus, bei zwei kommen Schritte an die Tür, bei drei klopft wer, bei vier erscheint pünktlich Rosali wie der Kuckuck und fragt, ob ich den Tee will. Da! Ists nicht lächerlich? In diesem Haus ist alles geregelt. Da greift Rad in Rad, Rädchen in Rädchen. Wie in der Fabrik. Keine Lücke, keine Ritze, keine Möglichkeit des Eindringens von Unordnung. Jede Unordnung könnte den Bau zum Einstürzen bringen. Ich frage mich, wie Sie überhaupt in dieses Haus kamen. Legal durchs Gartentor. Das sagen Sie. Noch ist nichts geklärt. Sie fanden eine Ritze, Barbara,

Sie wissen es nur noch nicht. Was meinen Sie? Schöpferische Phantasie? Ja, Rosali, den Tee, für zwei Personen, und zwar im Gartenpavillon, was schauen Sie so verstört, als verlangte ich von Ihnen etwas Unanständiges? Kann ich nicht mal anderswo Tee trinken? Sie sehen, Barbara: die Norm, die kein Abweichen und Ausbrechen erlaubt. So gehen Sie schon, Rosali! Wie? Lange nicht benützt, jahrelang nicht, stimmt. Schmutzig? Efeu nicht geschnitten? Was tuts? Diese junge Dame, die Sie anstarren, ist die Freundin Herrn Martins, und wenn sie will, kann sie Herrin dieses Hauses sein. Ist Ihre Neugier befriedigt? Gehen Sie endlich, wir kommen in zehn Minuten. Bewundern Sie mich, Barbara! Bewundern Sie meinen ersten Schritt in den Traum. Aber wo blieben wir stehen im Gespräch? Ja, beim Auffinden einer andern Möglichkeit des Weiterlebens. Sie wollten etwas sagen, Sie sprachen von schöpferischer Phantasie. Was meinten Sie damit? Daß sie mir fehle. Und was könnte eine schöpferische Phantasie schaffen? Ich höre Ihnen zu, im Ernst, in vollem Ernst. Statt Brandstiftung die Gründung einer Kooperative. Sie meinen, ich sollte die Fabrik aus meinen Händen in die der Arbeiter geben? Ja? Und Sie meinen, daß das etwas am Lauf der Welt ändert? Da wäre ich lieber viel radikaler. Mein Vorschlag, Barbara: die Fabrik stillegen, die Werkshallen abreißen, Wohnhäuser bauen, das ganze Land wieder zu Ackerland machen, eine Agrarkommune gründen, die nicht auf Profit hin arbeitet. Zufrieden mit meinem Traum? Nein? Sie bestehen auf dem Ihren. Er sei kein Traum? Ihr Vorschlag klingt so, als hätten Sie ihn mit Martin schon genau abgesprochen. Das heißt also, daß Sie sich als Besitzer dieser Fabrik sehen? Und das heißt, daß Sie mit meinem baldigen Tod rechnen? Nein? Aber womit sonst rechnen Sie? Mit meiner Einsicht und Zustimmung? So. Und sonst nichts. Das nennen Sie also schöpferische Phantasie. Und wenn die meine viel besser wäre? Sehen Sie: dort hinterm Pappelwald beginnen Getreideäcker und Wiesen, riechen Sie den Heuduft, und dort ist eine kleine Siedlung mit hübschen sauberen Häuschen und Blumengärtchen, und keine rauchenden Schlote mehr, keine Werkshallen, keine Abgase, keine Abwässer. Ist das nicht der schönere Traum? Die Leute sind ärmer, aber was tuts? Schauen Sie mich nicht so verächtlich an. Wenn ich will, ist dieser Traum in drei Jahren Wirklichkeit, während es der Ihre vielleicht nie wird, oder erst in zwei drei Jahrzehnten. Barbara: glauben Sie im Ernst, daß Ihr Traum der bessere ist? Aber gehen wir. Der Tee wartet. Sie wissen: die Pünktlichkeit, die Norm. Vorsicht, die Stufen sind glatt, ausgetreten von Generationen Träumender. Helle Träumer, schwarze Träumer. Schlafwandler alle. Langsam, ich hinke. Haben Sie das vorhin nicht bemerkt? Habe ich weniger gehinkt? Gar nicht? Sonderbar. Ein Sturz vom Pferd? Nein, eine ganz gewöhnliche Arthrose. Progressiv. In zehn Jahren kann Rosali mich im Rollstuhl schieben. Nein, ich scherze nicht. Vorsicht, diese Platte liegt lose. Man sollte sie reparieren. Mein Gärtner wird alt. Ich kann ihn nicht entlassen, und einen jungen Gehilfen duldet er nicht. Nun ja, Sie sehen. Was Sie sehen sollen? Die Perfektion, die keine mehr ist. Die Lücke. Die Ritze. Kennen Sie übrigens die Bibel? Ich meine die Geschichte von dem Mann, der sich in einem nächtlichen Ringkampf mit einem Unsichtbaren die Hüfte verrenkte? Jakob hieß er, ja, so ist es. Und wer war der unsichtbare Gegner, wissen Sie das auch? Und worum gings denn bei diesem Kampf? Wissen Sie nicht. Ich weiß: Jakob wollte den Unsichtbaren dazu bringen, ihn zu segnen. Was das heißt? Denken Sie selbst, Barbara. Jakob kämpfte mit seinem Schicksal. Kann man sagen. Und wer war der Sieger? Es gibt keine Sieger, Barbara. Es gibt auch keine siegreiche Gesellschaftsklasse. Aber genügt es nicht, daß es immer wieder Narren gibt, die glauben, die Welt verbessern zu können, und sich dabei die Hüfte verrenken?

VERGIB UNS, WIE AUCH WIR VERGEBEN

1. Tag

Und wie lange leben Sie in diesem Zustand?

Zustand, was für ein sonderbares Wort. Zustand, Verstand, Beistand, Abstand. Ja, Abstand, das ist besser.

Also: wie lange haben Sie diese Depression?

Oppression wäre besser, und Obsession noch besser.

Sehr gut. Wie lange also?

Drei Jahre.

Und was hat Sie in diese Stimmung gebracht?

Verstimmung, Umstimmung, Zustimmung, Abstimmung, Bestimmung. Ja, da war etwas, aber ich erinnere mich nicht. Das Kind war schon drei Monate tot. Das hatte ich irgendwie, ja irgendwie überwunden. Ich war traurig, natürlich, aber das Leben ging weiter. Und auf einmal...

Auf einmal?

Da war etwas. Ich träumte von einem Mord, einmal, nochmal, zehnmal. Als gäbs keine andern Träume. So was Langweiliges.

Wer wollte Sie ermorden?

Mich? Ich! Ich wollte jemand ermorden. Aber wen? Wenn ich das wüßte. Wenn ich das wissen könnte.

Ist Ihre Ehe gut?

Ehe. Ehemals. Jetzt: nicht gut, nicht schlecht. Sie ist gar nicht.

Möchten Sie lieber ohne Ihren Mann leben?
Mit oder ohne, das ist gleich.
Wären Sie traurig, wenn Ihr Mann sterben würde?
Seit dem Tod des Kindes ist es mir gleichgültig, wer stirbt, jemand andrer oder ich.
Haben Sie je an Selbstmord gedacht?
Sag ich Ihnen doch, Doktor: es ist mir gleichgültig, ob ich lebe oder nicht. Wenn ich mich umbringen würde, müßte ich ja etwas wählen, also wäre mir nicht alles gleichgültig.
Die Person, die Sie im Traum töten, ist das ein Mann oder eine Frau?
Weder noch. Ich habe ein Messer und stoße zu, aber da ist dann nichts.
Zuerst aber ist da etwas.
Offenbar. Aber was ist etwas?
Vielleicht sind es Sie selbst? Besser gesagt: vielleicht ist etwas in Ihnen, das Sie töten wollen?
Derlei kann man doch nicht mit einem Messer töten, Doktor!
Das Messer ist ein Bild. Aber Sie sagten: derlei. Was meinen Sie mit: derlei?
Was in einem selbst steckt. Davon haben Sie geredet, nicht ich.
Sie auch. Da sind wir uns also einig. Sie wollen im Traum etwas töten, etwas in Ihnen, das nicht umzubringen ist.
Etwas in mir ... In mir. In mir ist nichts. Rein gar nichts. Nichts mehr. Niemals mehr.

Auch keine Erinnerungen?
Erinnerung, Eräußerung, Entäußerung...
Bleiben Sie bei der Sache.
Bleibe ich doch. Ich will mich erinnern, so sehr will ich es, daß mir der Kopf zerspringt.
Gut, hören wir auf für heute.

2. Tag

Haben Sie wieder geträumt?
Ja. Ich habe von einem riesigen Tier geträumt, das mich ins Wasser... Moment: Tier, Wasser... Jetzt ists wieder entschwunden.
Ein Tier? Was für ein Tier?
Irgendeins. Es war trächtig. Sein Bauch war dick, und ich stieß mit dem Messer direkt in diesen dicken Bauch. Patsch.
War das Tier dann tot?
Nein. Oder ja. Ich glaube. Es kamen zwei Junge aus dem Bauch gekrochen, die lebten, dann brachte ich auch sie um. Alle.
Sie waren dann sehr erleichtert?
Nein.
Es tat Ihnen leid?
Kein Gefühl. Ich ging einfach weg und ließ alles hinter mir. Ich ging weit weg in einen dichten Nebel hinein und verschwand.
Was für Junge waren es?
Hunde.

Warum zittern Sie jetzt? War das riesige Tier, das Sie ins Wasser stoßen wollte, ein Hund?
Es gibt keine riesigen Hunde.
Im Traum schon.
Nein nein nein. Kein Hund. Ein wildes Tier. Ein Raubtier. Ein Hund ist doch kein Raubtier.
Haben Sie Hunde gern? Was ist Ihnen? Bleiben Sie liegen. Hier, trinken Sie das. Ist Ihnen übel?
Ich will jetzt gehen.

3. Tag
Also, die Sache mit dem Hund. Ich habe wieder davon geträumt. Aber es war kein riesiger Hund. Es war ein ganz normaler Schäferhund. Eine Hündin, genau gesagt.
Und die wollte Sie ins Wasser stoßen?
Ja.
Aber es gelang ihr nicht. Sie haben sich gewehrt? Haben Sie sie mit dem Messer totgestochen?
Ich hatte kein Messer bei mir. Ich stieß die Hündin ins Wasser.
Also nicht der Hund stieß Sie ins Wasser, sondern Sie ihn.
Ich weiß nicht. Nein, ich weiß nicht. Er mich ich ihn.
Liegt Ihr Haus nicht am See?
Ja, warum?
Das Wasser spielt eine große Rolle in Ihrem Leben?
Rolle? Rollen. Hinunterrollen. Am Haus ist ein Abhang zum See hinunter.

Um Gottes willen, was ist Ihnen? Bleiben Sie ruhig liegen. Ganz ruhig.
Ist schon vorbei. Ich will jetzt heim.
Soll ich Ihren Mann anrufen?
Der ist nicht daheim. Der ist verreist. Ja, verreist. Immer. Ein Taxi, bitte.

4. Tag
Gehts Ihnen heute besser?
Besser, schlechter, ist ja gleichgültig.
Wieder geträumt?
Nicht geträumt. Gar nicht. Aber ich weiß jetzt etwas. Ich bin nämlich jener Hündin begegnet, das heißt nicht begegnet, ich hab sie von weitem gesehen, erkannt.
Die Traum-Hündin?
Nein, die andre, die richtige, die lebende. Ich habe sie damals verschenkt.
Damals?
Als das Kind tot war, wollte ich auch keinen Hund mehr.
Frau Berg: woran ist Ihr Kind gestorben?
Woran, woran. An ... an nichts ... an gar nichts ... es ist einfach tot ...
Was sagen Sie? Ich verstehe Sie nicht.
Wieso verstehen Sie mich nicht? Ich schreie doch! Es ist ertrunken! Im See! Ja.
Vor drei Jahren?
Vor drei Jahren und drei Monaten.

Und Sie sagten am ersten Tag, diese Ihre Verstimmung begann vor drei Jahren, also nicht sofort mit dem Tod Ihres Kindes?
Sagte ich so?
Stimmt es nicht?
Ja, vielleicht. Ja, ja.
Also: in dem Vierteljahr nach dem Tod Ihres Kindes waren Sie zwar traurig, aber Sie hatten das, was Sie Verstimmung nennen, noch nicht. Wie erklären Sie sich das?
Spätwirkung.
Und wodurch ausgelöst?
Ausgelöst, eingelöst, verlost...
Bitte.
Also: ausgelost, ausgelöst durch irgendwas.
Begannen Ihre Träume von dem riesigen Tier, das Sie ins Wasser stoßen wollte, damals oder gleich nach dem Tod Ihres Kindes?
Damals. Ja. Damals. Nicht gleich. Da war etwas. Da war etwas. Ja wenn ich das wüßte.
Hatten Sie da Ihren Hund, die Schäferhündin, noch?
Da hatte ich sie verschenkt, sagte ich doch, verschenkt, ausgeschenkt.
Warum verschenkt?
Kein Kind mehr kein Hund mehr.
Ich verstehe: der Hund erinnerte Sie an das Kind, Sie verschenkten den Hund, sie wollten die Erinnerung beseitigen.
Möglich.

Aber Sie verschenkten den Hund erst drei Monate nach dem Tod Ihres Kindes. Warum nicht gleich?
Als ich die Hündin verschenkte, war sie hoch trächtig.
Sie wollten keine jungen Hunde im Haus. Verständlich.
Verständlich. Zwei Junge hatte sie im Bauch. Ich habe sie abgetastet. Hab sie deutlich gespürt. Zwei. Eins und zwei sind drei. Drei gegen eins.
Drei gegen eins? Drei Hunde gegen ein Kind?
Das ist eine glatte Rechnung, oder? Branca hat das verstanden.
Branca?
So hieß heißt die Hündin.
Und was hat sie verstanden?
Drei zu eins. Ich habe es ihr gesagt und mit den Fingern gezeigt.
Was hat Branca mit dem Tod Ihres Kindes zu tun?
Nichts nichts nichts. Mir ist schlecht, Doktor.
Bleiben Sie liegen. Ich sage: liegenbleiben! Und jetzt erinnern Sie sich. Jetzt wissen Sie alles wieder. Ich helfe Ihnen ein wenig. Sagen Sie, wenn ich falsch rate. Ich nehme Ihre Wörter: See, Abhang, Kind ertrunken, trächtige Hündin, drei Hunde gegen ein Kind. Sie haben die Hündin gehaßt, weil sie Junge hatte. Warum wollten Sie kein Kind mehr, Frau Berg?
Ich? Wieso ich? Kann ich allein ein Kind machen?
Ihr Mann wollte keins mehr?
Nein, der wollte keins mehr, der hat schon das erste...
Ja, er wollte überhaupt kein Kind. Das erste sollte ich...

Aber lassen wir das. Als das Kind ertrunken war, sagte er: Siehst du jetzt, daß das Schicksal nicht wollte, daß wir ein Kind haben? Da wollte ich ihn ...

Was?

Ach nichts, nichts.

Was ist mit dem Wort Abhang?

Abhang abhängen anhängen erhängen ... Da ist etwas. Wenn ich mich nur erinnern könnte.

Wie kam es, daß Ihr Kind ertrank? Lief es oder rollte es den Abhang hinunter zum Wasser? Und niemand bemerkte es?

Der Zaun der Drahtzaun die Lücke der Hund das Kind ... Da ist es, da ist es, Doktor. Halten Sie's fest!

Also: da war eine Lücke im Zaun, durch die Ihr Kind schlüpfte. Es war dem Hund nachgelaufen, der durch die Lücke ...

Die Lücke, die hatte der Hund gegraben! Und da schlüpfte das Kind durch. Der Hund ...

Kann es nicht anders gewesen sein: das Kind hat sich einen Durchschlupf geschaffen, der Hund folgt, das Kind fällt ins Wasser, der Hund will es retten. Warum nicht so?

Warum warum das hätte ich doch irgendwie ... und die Hündin mit ihrem schlechten Gewissen ...

Schlechtes Gewissen?

Warten Sie da taucht etwas auf. Schlechtes Gewissen ja ... da war der Abend da wollte ich alles vernichten was an das Kind erinnerte vernichten nichten als ginge das: zu nichts machen. Geht ja nicht. Nichts gibts ja gar nicht. Aber ich wollte. Ich zog die Schiebladen im Kinderzimmer auf und nahm einen Schuh heraus ein Schühchen so klein und da kam Branca und sah das Schühchen und fing an zu zittern. Was ist denn frag ich komm her Branca aber sie gehorsamer Hund sonst kommt nicht sie zieht sich hinter den Schrank zurück und zittert was ist denn Branca was ist komm sofort her sie kommt nicht und da da fällts mir ein ich habs ja irgendwie die ganze Zeit gewußt aber nicht wissen wollen weil ich gar nichts mehr wissen wollte vom Kind und wie es hat geschehen können daß es ans Wasser kam da war doch der Zaun und eigens mit Stacheldraht zwischen den Latten und niemand konnte da durch und das Türchen zum Schiffssteg war mit dem Schloß versperrt also wie kommt da ein Kind durch aber da war dieses Loch im Boden da hatte wer aufgegraben gerade so weit daß ein Kind... ein Kind und ein Hund ein Kind gräbt ja nicht ein Hund gräbt und ich sage: Branca jetzt kenne ich endlich den Mörder so und jetzt kommst du dran mit deinen Jungen im Bauch drei gegen eins sie kommt nicht her da nehm ich die Leine und hänge sie an so jetzt zeig mir wie du es getan hast und sie winselt ein wenig aber geht mit den Abhang hinunter und unsre Haushilfe ruft noch Frau Berg der Hund hat noch nicht gefressen haha denk ich der wird nie mehr fressen aber die Haushilfe ruft die Hündin ist trächtig die braucht ihr Fressen jaja schon gut die Hündin die Hündin, und ich? Da sind wir an der Lükke im Zaun. So sag ich jetzt zeig mir wie du's gemacht hast los sie will nicht sie zittert und sträubt sich ich sage wieder drei gegen eins ich schlüpfe durch die Lücke ich zerreiße mir das Kleid und schürf mir die Haut auf am Hals und im Gesicht und dann zieh ich die Hündin nach sie zittert bleibt aber stehen sie könnte sich losreißen und weglaufen sie tuts nicht sie bleibt stehen und läßt alles mit sich geschehen ich bind ihr einen großen Stein an die Leine und sag damit kommst du nimmer hoch Kindsmörderin du und geb ihr einen Stoß aber sie steht nur da mit einer Pfote schon überm Wasser und schaut mich an wenn sie sich gewehrt hätte oder geknurrt hätte ichs tun können aber so wie sie mich anschaut da bind ich sie los und sag lauf schnell bevors mich reut sie läuft aber nicht weg sie drängt sich an mich und legt die Schnauze an meine Hand ich stoße sie weg du Hündin sag ich du Hündin du.

Und dann?

Dann sind wir ins Haus zurückgegangen, die Hündin dicht hinter mir. Die Haushilfe sagt: Sie sind ganz weiß im Gesicht, sind Sie krank? Und was ist mit Branca? Warum schleicht sie so mit dem Schwanz eingezogen? Ich sage: Sie hat Hunger, geben Sie ihr das Fressen. Aber Branca hat nicht gefressen. Am nächsten Tag hab ich sie verschenkt.

Und Ihr Mann?

Der hat nicht mal gefragt, wo der Hund ist. Kind weg Hund weg. Jetzt gehört das Haus ihm allein.

Frau Berg, ist Ihnen klar, wen Sie im Traum ermordet haben?

Die Hündin natürlich. Jetzt ist mir alles klar.

Wirklich? Fühlen Sie sich jetzt erleichtert?
Ich weiß nicht.
Wenn Ihre Depression zurückkehrt, dann kommen Sie wieder, ja?
Ja, ja. Vielleicht. Leicht.

Ein halbes Jahr später.
Doktor, ich weiß jetzt alles.
Was denn?
Also: gestern sehe ich auf der Straße plötzlich Branca, sie geht an der Leine, neben ihr an der andern Leine ein jüngerer Hund, eine Hündin ebenfalls, sicher eins der beiden Jungen von damals. Und jetzt stellen Sie sich vor: Branca ist schon drei Jahre nicht mehr bei mir, aber was denken Sie: sie sieht mich und schlüpft mit dem Kopf aus dem Halsband und läuft auf mich zu. Mein erster Gedanke: sie wird mich beißen, sie wird sich rächen. Aber sie legt ihre Schnauze an meine Hand, wie sie es immer getan hat, und winselt. Branca, sag ich, Branca, guter Hund. Ihre jetzige Herrin kennt mich nicht mehr. Ich sage: Verkaufen Sie mir den Hund? Nein, sagt sie, aber wenn Sie den jungen wollen, den können Sie haben. Ich sage: Ich nehme beide, ganz gleich, was sie kosten. Ich biete ihr eine schöne Summe. Sie sagt: Also, dann nehmen Sie den alten da, der hat sich sowieso nie an mich gewöhnt. Sie gibt mir die Leine. Aber Branca, die alles versteht, stellt sich neben ihr Junges und geht nicht vorwärts und nicht rückwärts. Da sagt die Frau: Nun gut, nehmen Sie beide, aber es sind Rassehunde, die sind teu-

er. Jaja, teuer, ich zahle sofort. So, auf der Straße, machen wir den Handel. Und jetzt habe ich also zwei Hunde, und es geht mir gut, ja, wirklich.

Und Ihr Mann?

Wir sind geschieden.

Und wissen Sie jetzt, wen Sie im Traum ermorden wollten?

ÄSKULAP

Ich fahre langsam, um die Ausfahrt nicht zu übersehen. Jene Ausfahrt. DIE Ausfahrt. Sie ist jetzt, bei meiner Rückfahrt, auf der andern Seite der Autobahn. Ich halte auf meiner Seite und schaue hinüber. Ein paar Anhalter. Mädchen. Sie stehen nicht lange. Jetzt ist die Stelle wieder leer. Ein plötzlicher Nadelstich: wenn er wieder dort stünde und in ein Auto stiege und mitführe, wenn das, was ich erlebte, gar nicht ein-malig wäre, wenn... Der jähe Schmerz wird überflutet und weggespült vom neuen, ganz neuen Gefühl. Ich fahre weiter. Ich höre Singen und wundere mich, daß ich es bin, der singt. Seit vielen Jahren habe ich nicht gesungen. Den Vogel, der zu früh am Morgen singt, frißt am Abend die Katze. Sagte meine Großmutter. Gelogen. Ich sage laut: Gelogen! Ich lache und singe weiter. Eine Melodie ohne Worte. Die fallen mir dazu erst später ein: »Mir ist so wunderbar, es engt das Herz mir ein.« ›Fidelio‹. Es engt das Herz mir ein. Nein, stimmt nicht: es weitet aus, es sprengt auf, es reißt Mauern ein. ›Mir ist so wunderbar‹. DAS ist es. Ich habe neue Augen, ich SEHE! Ich sehe die Landschaft, ich sehe sie zum ersten Mal. Hundertmal bin ich hier gefahren, sehr schnell, um heimzukommen zur Arbeit. Von Arbeit zu Arbeit, und blind. Jetzt aber: die Landschaft ist schön. Juniwiesen. Löwenzahn und blauer Himmel, so blau! Ich fahre langsam. Ich schaue. Noch zweihundert Kilometer. Ich habe keine Eile. Aber so langsam ich auch fahre: ich werde ankommen müssen. Unausweichlich. Und wenn ich nicht heimkehrte? Nie mehr? Wenn ich bei der nächsten Ausfahrt umkehrte? Irgendwohin führe, in dieses Blau und Gold hinein? Einfach verschwinden. Es gibt viele Männer, die das tun. Aber ich will es ja gar nicht. Was ich will, ach... Ihn wiederfinden, das ist es. Jedoch: ich werde ihn nie wiederfinden. Ich weiß es. Ich darf ihn nie wiederfinden. So ein Tag hat keine Wiederholung. Er ist das Ein-Mal, und in diesem Ein-Mal ist alles. Noch hundertfünfzig Kilometer. Wie aber jetzt weiterleben? Im Exil, und mit einem Geheimnis. Ich höre mich lachen. Wenn ihr wüßtet. Immer habt ihr mich für geheimnisvoll gehalten, mich, der kein Geheimnis hat außer Geschäftsgeheimnissen, die der halbe Betrieb ohnehin weiß. Der nur die Geheimnisse vieler andrer kennt. Geh zum Chef, dem kannst du dich anvertrauen, der schweigt. Beschwerden des einen über den andern, des andern über den einen. Der Chef sagt nichts weiter. Ängste, Bekenntnisse, Belastendes. Der Chef hilft, der Chef schweigt. Als stünde er unter ärztlicher Schweigepflicht. Oder unter der des priesterlichen Beichtvaters. Vertrauenswürdig durch Schweigen. Nicht verdächtigt des Verschweigens von etwas, das er zu verschweigen hätte. Im Gegenteil: einer, der nichts zu verbergen hat, aber über alles schweigt, was andre vor andern verbergen wollen. Ein geheimnisvoller Mann, ein rätselhafter Mann, sagen die Frauen und versuchen, das Rätsel zu lösen. Frauen. Sie interessierten mich nicht. Nie. Eines

Tages habe ich geheiratet. Warum? Man heiratet eben. Marta und ich. Das Muster-Ehepaar. Keine Skandale. Ein Haus voll ruhiger Freundlichkeit, verödet, seit die beiden Kinder fort sind zum Studium in den USA. Marta. Ich mag sie, denn sie ist mir nie eine Störung gewesen. Ja, das ists. Eben das. Keine Störung. Marta, die keine Ansprüche an mich stellt. Keine. Marta, so kühl, so unerschütterlich ruhig. Mir wird die Kehle eng. Ich denke an den Abschied vor einer Woche. Sie begleitet mich zum Auto. Wie immer. Alles wie immer. Aber dieses Mal eine Variante, unangenehm, peinlich. Sie legt die Hand auf das heruntergekurbelte Fenster. Ich will abfahren, aber diese Hand... Und dann: Bitte, fahr nicht. Aber Marta, was soll das, ich muß doch zu diesem Kongreß, wie kannst du... Bitte, fahr nicht. Was ist denn, hast du einen Alptraum gehabt? Sie schweigt. Bist du krank, Marta? Bedrückt dich etwas? Sag es mir doch, sag es mir rasch. So sagte ich: sag es mir rasch. Da nahm sie die Hand weg. Fahr nur, und komm mir heil wieder. Komm MIR heil wieder. Warum dieses MIR? Es ärgert mich, dieses besitzbetonende Wort. MIR. Als gäbe es nur sie, zu der heil heimzukehren wichtig sei. Ich fahre los, schärfer als sonst starte ich, aber ich muß das Gas zurücknehmen und langsam fahren, weil hier ein Kinderspielplatz ist. So bleibt die Straße lange im Rückspiegel, und so bleibt darin auch Marta, die immer noch vor dem Gartentor steht. Ich ärgere mich. Was steht sie so da. Eine Woche wird sie so dastehen. Immer wird sie dastehen und mich erwarten. Treu. Marta, die treue Ehefrau, die annimmt, daß auch ihr Mann treu ist. Und er ist es tatsächlich. Außer ihr glaubt es niemand.

Ich lache. Aber jetzt, Marta: ich habe ein Geheimnis, ich habe etwas gefunden! Was denn? Den Stein der Weisen: Mich-Selbst.

Komm MIR heil zurück. Marta, heil, ja. Geheilt. Von einer lebenslangen Krankheit geheilt, die Irrtum heißt. Wenn ich es Marta erzählen würde?

Ich probe die Szene:

Gott sei Dank, da bist du ja.

Da bin ich. Heil zurück, ja. Dir heil zurück.

Du wirst Hunger und Durst haben. Ich richte den Tee.

Laß, Marta, ich will dir etwas erzählen.

Ja, gleich, ich setz nur das Teewasser auf.

Marta, bleib da.

Ist was passiert? Du bist so sonderbar. (Mir ist so wunderbar.)

Höre, Marta: als ich vor acht Tagen hier abfuhr, war ich ein alter Mann.

Du warst überarbeitet. Die Reise hat dir gutgetan, sehe ich. War der Kongreß also nicht anstrengend?

Nein, im Gegenteil. Marta...

Willst du einen Whisky?

Nein, danke.

Hast du Fieber? Deine Augen glänzen so. (Sie legt ihre Hand auf meine Stirn. Ich entziehe mich ihr. Diese Berührung nach jener andern: unerträglich. Sie zu dulden: ein Verrat.)

Aber du willst sicher erst mal unter die Dusche.
(Ja, deine Berührung abwaschen. Aber das sage ich nicht. Natürlich nicht.) Ich sage: Ja, du kennst meine Gewohnheiten.
Und Marta: Ja, ich kenn dich lang genug.
Ich lache. Ob sie mein Lachen deuten kann? Ja, ja, du kennst mich.
Wie du das sagst. Spottest du?
Wenn du's so nimmst.
Soll ichs so nehmen?
Ach Marta, laß doch.
Wie schaut sie mich an? Ihre Kaninchenaugen sind noch schräger als sonst.
Soll ich jetzt reden? Soll ich? Soll ich sagen: Also, dir fällt was auf an mir? Was denn?
Ich gehe den Tee machen. Bis du aus dem Bad kommst, ist er fertig.
Marta! (Ich schreie fast.) Marta, bleib da, ich will dir, ich muß dir etwas erzählen.
Ja? Hats noch Zeit bis nachher?
(Nein, Marta, nachher ist zu spät.)
Aber sie ist schon in die Küche gegangen. Ich gehe nicht ins Bad, ich bleibe sitzen, verstaubt und verschwitzt von der langen Fahrt. Sie hantiert in der Küche herum. Geschirr klirrt, irgendetwas, ein Teelöffel, fällt ihr hinunter. Sie ist nervös.
Ich probe die Szene weiter. Marta kommt herein, das Tablett mit Teegeschirr und Gebäck vor sich hertragend wie einen Schild, an dem alles abprallen wird, was immer

ich ihr erzähle, Gutes, Schlimmes, Gleichgültiges. Alles Neue ist ihr Störung.
Sie gießt mir den Tee ein. Zwei Stück Zucker. Ohne zu fragen. Und drei Tropfen Rahm. Wie immer. Alles wie immer. Sie kennt mich ja.
Sie sitzt mir gegenüber und rührt in ihrer Tasse. Der Löffel klirrt. Sie schaut mich schief an.
Also mein Lieber, jetzt erzähl.
(Zu spät, Marta, zu spät. Wie immer. Für immer. Ich habe dir die Tür einen Spaltweit geöffnet. Du hättest deinen Fuß dazwischen schieben sollen, damit sie nicht zufällt. Versäumt. Wie immer, wie immer. Oder doch nicht? Jetzt, jetzt rede ich.)
Höre, Marta, ich habe entdeckt, daß ich... (Wie sage ichs, um sie nicht mit Worten zu schockieren? Ich muß mich ihrem Geschmack anpassen.)
Also: ich habe meine Fähigkeit entdeckt, einen Mann zu lieben.
Einen Mann? Wie das? Was heißt: lieben?
Sehr einfach: so lieben, wie man eine Frau liebt.
Das geht doch nicht. Das ist doch etwas ganz andres.
Ja, Marta, das ist etwas andres. Aber es geht.
Sie wird rot. Sie stellt sich etwas vor, flüchtig, dann wischt sie es weg. Sie ist ungemein beherrscht. Wohlerzogen.
Laß uns nicht darüber reden. Es ist deine Sache.
Nein, Marta, es ist auch die deine. Du mußt das wissen: ich habe nie eine Frau erotisch geliebt. Auch dich nicht. Dich vor allem nicht. Du gleichst zu sehr meiner Mutter.

Die liebst du doch?
Ja eben. Aber laß das.
Ja, lassen wir das.
Nein, das Ganze, das können wir nicht lassen, Marta. Du mußt wissen, daß ich mein Leben in einem Irrtum verbracht habe.
Aber wir haben doch ... Ich meine, wir haben ja Kinder!
Ich bin ja nicht impotent. Schließlich kann man ... Kurz und gut, Marta: ich habe nie Freude gehabt beim Beischlaf. Nie. Weil ...
Sie schreit auf. Nein, sie schreit nicht auf. Sie fällt in Ohnmacht. Nein, sie fällt nicht in Ohnmacht. Sie gibt sich keine Blöße. Sie steht auf, räumt das Teegeschirr ab, trägt das Tablett hinaus. Sie wird nie mehr auf dieses Gespräch zurückkommen. Sie wird nie mehr eine Zärtlichkeit versuchen und erwarten. Sie wird das Gehörte verdrängen. Jetzt, in der Küche, denkt sie noch nach. Sie ordnet ihre Gedanken. Also: Er ist betrunken, oder er hat Fieber, seine Augen glänzen. Oder: Er will mich verletzen, wer weiß warum, vielleicht hatte er Ärger auf dem Kongreß und lädt ihn bei mir ab. Oder: Er will mich provozieren zu mehr Leidenschaft, aber das geht nicht bei mir, ich bin eben kühl. Oder: Er war bei einer andern Frau, vielleicht in einem dieser Häuser, und hat ein schlechtes Gewissen. Oder aber: Es ist sein Wunschtraum, einen Mann zu lieben; alle Männer sind bisexuell, sagt man.
Jedenfalls: dieses Gespräch findet nie statt. Mit Marta nicht.

Ich fahre weiter. Noch hundert Kilometer. »Es engt das Herz mir ein.« Ich kann doch nicht heimfahren. Heim... Aber ich muß doch. Also muß ich das Neue einordnen. Wie aber? Ich muß mit jemand darüber reden. Ich, der Schweigsame, ich will reden. Darüber reden. Mit wem aber? Eine Reihe von Gesichtern. Nein, mit dem nicht, mit dem nicht, mit dem vielleicht, nein, doch nicht. Bleibt schließlich das Bild eines weißgekachelten Labors an der TH. Max, Biochemiker, Schulkamerad schon im Gymnasium, neun Jahre Internat gemeinsam. Und vor allem: Max, obwohl verheiratet, hatte Skandale. Mit Knaben. Er war schon einmal nahe dran, im Gefängnis zu landen. Das war ein Schock. Seither... Aber ich weiß ja nicht. Vielleicht waren es eben doch nicht nur Affairen. Da war doch mal eine längere Geschichte mit diesem Spanier, seinem Assistenten. Jedenfalls: wenn einer mich versteht, dann er. Falls er mich verstehen will. Falls es ihm nicht peinlich ist, über etwas zu reden, was für ihn Vergangenheit ist.

Ich probe die Szene. Das weißgekachelte Labor also. Max im schneeweißen Kittel. ›Es fiel ein Reif in der Frühlingsnacht‹. Max, mitten in der Arbeit, umgeben von Assistenten. Ich störe. Ich weiß. Bitte Max, kann ich mit dir reden? Jetzt? Ja, jetzt. (Jetzt oder nie.) Also, komm, hier nebenan...

Er zündet sich eine Zigarette an, schlägt die langen Beine übereinander, streicht sich die noch ganz schwarzen Haare aus der Stirn und schaut mich an, als schaute er

durchs Mikroskop, ein Auge zugekniffen, so schaute er schon immer.
Nun?
Um Viertel nach fünf habe ich Vorlesung.
Ich werde ganz kurz sein. Eine Frage: Ist Ehebruch ein Scheidungsgrund, wenn... nun, wenn es sich um einen Mann handelt?
Wieso: um einen Mann? In einer Ehe ist immer ein Mann, drinnen oder draußen, und einer ist überzählig.
Versteh mich doch.
Du meinst, wenn es sich um zwei Männer handelt? Also, da mußt du mit einem Juristen reden.
Max, bitte, tu nicht so, als ob. Ich kenne dich. Ich kannte deine Affairen.
Max lacht. Er lacht gequält. Also, wenn du gekommen bist, die Seele eines alten Päderasten zu retten, da kommst du zu spät. Aber, sag mal, dich scheint das Problem mächtig zu interessieren. Was ist los?
Eben dies.
Also du hast endlich.
Ich habe endlich.
Na. Gott sei Dank. Mir schienst du immer wie eine virgo intacta. Hat dich endlich einer erweckt, Dornröschen?
Max, kannst du nicht ernst sein? Die Sache ist ernst für mich.
(Er singt aus dem ›Falstaff‹: »Alles ist Spaß auf Erden.«)
Hör auf, zum Teufel, du singst abscheulich falsch.

Er hört auf. Also, was willst du von mir? Absolution? Geh zum Beichtvater. Oder soll ich dir sagen, daß du immer schon schwul warst bis in die Knochen? Meinst du, ich hätte es sonst im Internat nicht immer wieder versucht, dich herumzukriegen. Du warst dafür geschaffen. Alle waren wir scharf auf dich. Aber du warst das Unschuldslamm, tabu. Deine Verdrängungen waren eine Mauer um dich. Wir gaben es auf. Und jetzt also –! Gut, gut. Ist dir wohler jetzt?
Max, du verstehst nichts. Es geht um etwas andres. Es ist keine Affaire.
Max lacht.
Laß dieses Komplizenlachen, Max. Wirf deine Affairen nicht in einen Topf mit dem, was ich erlebt habe.
Was für eine subtile Unterscheidung: ich habe Affairen, du hast ein Erlebnis. Bei dir ist immer alles einmalig und besser und höher und tiefer und geistiger und was weiß ich. Nie erträgst du, wenn man dir sagt, daß du nicht besser und nicht schlechter bist als andre. Bei dir ists kein Strichjunge, der dich ausnimmt, bei dir ists ein junger Prinz oder Gott; darunter tust du's nicht.
Sein Wort vom jungen Gott... Ich bins, der es ihm in den Mund legt, aber daß er oder irgendeiner es sagen *könnte*, macht mich rasend. Ich will den imaginären Max bestrafen, ich will ihn beleidigen. Ich schreie: Wenn du denkst, ich gehöre jetzt zu eurer miesen Schwulenclique...
Ich schlage die Labortür zu. In meiner Vorstellung. In meinen Überlegungen. Max. Nein nein. Gerade der nicht.

Wie empfindlich ich bin. Wie dünn das Gespinst aus Mondstrahlen. Daß mir nur ja keiner dran rührt.
Aber warum dann doch mein Bedürfnis, mein Drang, mich jemand mitzuteilen? Mich! Mich, indem ich diese Geschichte erzähle.
Als Junge im Internat, im katholischen, habe ich Sünden erfunden, um etwas zum Beichten zu haben. Fünfzehn war ich, als ich beichtete, ich habe mit einem Mädchen geschlafen. Sechstes Gebot. Und dann beim achten: Ich habe gelogen. Denn es war gelogen. Der Beichtvater, unser Internatspräfekt, ging überhaupt nicht darauf ein. Enttäuschend. Verwirrend. Später erfuhr ich, daß er ein paar peinliche Geschichten hatte mit Knaben im Internat. Man sagte, er sei krank, nervenkrank, geisteskrank, er kam in eine Nervenheilanstalt. Keine Sünde, nein, eine Krankheit nur. Damit war alles erklärt und abgewaschen.
Warum zum Teufel fällt mir diese Sache jetzt ein. Sie paßt nicht zu mir, nicht zu meinem Erlebnis. Sie ist schlechthin unpassend. (Martas Lieblingswort: »unpassend«.)
Noch achtzig Kilometer.
Da fällt mir Gregory ein. Natürlich. Aber warum erst jetzt? Es ist das Nahliegende, das Allernächstliegende. Gregory, der Psychotherapeut. Mein Freund seit der Studienzeit. Der Zuständige. DER Zuständige.
Also Gregory.
Die Rollenprobe:
Gregory, hast du eine Viertelstunde Zeit für mich?

Der Blick auf die Armbanduhr. Der nächste Patient kommt in einer halben Stunde.
Der nächste Patient. Gregory, ich bin doch kein Patient.
Nein? Gibt es Leute, die keine potentiellen oder virtuellen Patienten sind?
Er lächelt. Er nimmt sich und alles was er sagt immer sofort in diesem sanften Lächeln zurück. Aber in seinen Augen, da lauert der gewiefte Seelenarzt. Der wittert ein Opfer, der nimmt die schwächste Spur auf. Der bleibt vor dem Mausloch sitzen, bis die Maus herauskommt, und wenns Tage und Wochen dauert.
Also, du hast ein Problem.
Er fügt sofort hinzu: Wer hat keins.
Ich habe kein Problem, Gregory.
Wie schön. Du hast kein Problem. Ist das dein Problem, keins zu haben? Weshalb kommst du?
Einfach, um dir etwas zu erzählen, was ich keinem sonst anvertrauen möchte. Etwas Schönes, Gregory!
Darf ich raten? Du bist verliebt.
Ver-liebt. Was für ein sonderbares Wort. Diese Vorsilbe VER. VER-loren. VER-spielt. VER-gessen. VER-fahren... Also: VER-liebt. Na, meinetwegen so.
Du warst nie einer, der sich rasch verliebte. Es hat lang gedauert, bis du Marta geheiratet hast.
Hätte ichs doch nicht.
Ist die Ehe brüchig? Ist eine andre Frau da?
Nicht das eine, nicht das andre.
Wie: aber du bist verliebt?

Ja. Kurz und gut, es ist keine Frau, es ist ein Mann.
Ein Mann. Jung?
Ja, jung.
Ein Knabe?
Keine Angst. Kein Knabe. Ein junger Mann, über zwanzig.
Von hier?
Nein. Von irgendwoher. Vom Himmel gefallen.
Wo hast du ihn getroffen?
Unterwegs, an der Autostraße.
Ein Anhalter?
Einer, der kein Anhalterzeichen machte, sondern nur so dastand, vielmehr einfach auftauchte. Er hatte übrigens kein Gepäck, nicht einmal eine Tasche.
Und den nahmst du mit? Du, der so Vorsichtige? Wars ein Ausgeflippter?
O nein. Er sah kerngesund aus und fröhlich. Übrigens, er war schön. Sehr schön.
Wie?
Wenn du dir eine Figur von, sagen wir, Praxiteles vorstellst. So.
So. Ein junger Grieche?
Blond. Stirnlocken wie ein Stier. Und das Hemd vorn offen, ein blondes Vlies. Ich hielt ihn für einen Ausländer. Trotz seiner Blondheit. Als ich hielt, stieg er ein. Ganz einfach. Wortlos. Ein Stummer. Dachte ich. Wohin wollen Sie? Er deutete in die Richtung, in der ich fuhr. Da saß er dann neben mir, schweigend, die Hände auf die Knie gelegt, Handfläche nach unten, auf Bauern-

art, die langen Beine angezogen. Brav saß er da. Artig. Und kein Wort. Er schaute geradeaus. Ich liebe das, wenn man nicht redet beim Autofahren. Er schwieg, als wüßte er das. Aber stell dir vor: dieses wohltätige Schweigen, es machte mich nervös. Ich versuchte ein Gespräch: Wollen Sie nach Frankfurt? Er schüttelte den Kopf. Wo soll ich Sie absetzen? Er nahm eine Hand vom Knie und beschrieb einen Kreis in der Luft. Was soll das heißen? Er schwieg. Er wollte einfach von irgendwo weg, anderswohin, gleich wo. Lang konnte er noch nicht unterwegs sein. Er hatte ein frisches Hemd an, weiß, blütenweiß, vielleicht neu.
Gregory unterbricht mich: Also, kein Gepäck, und ein neues Hemd. Sag mal: ist dir nie der Verdacht gekommen, der Stumme . . .
Er war nicht stumm, später sprach er.
Also: dieser Mann sei eben aus dem Gefängnis entlassen worden, oder er sei aus einer Klinik geflohen?
Nein, nicht einen Augenblick. Aber jetzt, im nachhinein, scheints mir so unmöglich nicht. Vielmehr: es scheint mir denkbar. Ja, denkbar schon; was ist nicht alles denkbar. Aber es trifft nicht.
Gregory sagt: Hätte es nicht, wenn schon kein Irrer und kein Häftling, doch ein potentieller Krimineller sein können, einer, der dich hätte umbringen wollen? Er hatte kein Gepäck, sagst du. Das hätte seine Flucht erleichtert. Ein Mann ohne jedes Gepäck, das muß dir doch verdächtig scheinen.
Ach was. Ein Mörder tarnt sich. Und überhaupt: als ob

Herren mit Mappen und Köfferchen keine Gangster und Mörder sein könnten. Das ist kein Argument. Überhaupt: was geht mich seine Vergangenheit an.

Also gut. Aber was ist denn an dieser Geschichte? Warum erzählst du sie mir? Du hast einen Anhalter mitgenommen mit Stirnlocken und einem goldenen Vlies auf der Brust und ohne Gepäck. Und dann?

Dann sind wir ausgestiegen. Und dann . . . Also, wir haben uns ausgeruht. Im Wald. Und dann ist er verschwunden.

Wie das: verschwunden?

Nun eben: verschwunden. Aber er hat mir etwas zurückgelassen. Schau mal.

Ein Anhänger an goldener Kette? Diebsgut?

Gregory, er hats vorher offen getragen am Hals. Das Hemd stand offen. Der Stern war auffällig genug.

Davidsstern? Nein. Fünfzackig. Geheimzeichen. Drudenfuß. Magisch.

Ja eben, Gregory. Jetzt kommst du der Sache näher.

Und er war einfach aufgetaucht, so aus dem Nichts?

Ja, er stand plötzlich auf dem Notstreifen. Ich ärgerte mich, daß er da stand. Vielmehr: daß er da stand und an einen Unfall denken ließ. Wer steht denn auf freier Strecke auf dem Notstreifen. Aber es gab kein Auto und kein Unglück. Ich fuhr ihn an: Was stehen Sie da, so irreführend? Ihretwegen hab ich scharf gebremst. Er aber schaut mich nur an, entschuldigt sich nicht, kein Wort, macht kein Zeichen. Na, sage ich, jetzt halte ich schon, jetzt können Sie auch einsteigen. Er steigt ein, er

setzt sich artig hin, das Hemd offen, der goldene Fünfstern auf seinem goldenen Vlies.
Und goldene Stirnlocken.
Gregory, du hältst mich für verrückt?
Nein, o nein. Im Gegenteil.
Wie das?
Also, er ist aufgetaucht, sozusagen aus dem Nichts, ohne Gepäck, stumm zunächst, ziellos unterwegs, und den magischen Stern auf der Brust, und dann seid ihr in den Wald gegangen.
Ja, in den Wald. Da war ein Bach, nein, eine Quelle, ganz vermoost, nein: ein Forellenbach.
Und am Wasser, was geschah da?
Was da geschah? Wir haben uns ausgeruht. Wir haben die Hände ins Wasser getaucht. Dann haben wir darin gebadet. Der Tag war heiß.
Gebadet. In einem Forellenbach. Einem Fischwasser. Im tiefen Wald. Und der Mann war jung und schön und stumm wie ein Fisch. Und du warst glücklich mit ihm?
Wir waren glücklich.
Und dann ist er einfach verschwunden?
Aber nicht spurenlos. Hier, der Stern.
Hab ich den nicht schon mal bei dir gesehen?
Gregory! (Ich schreie.) Du Mörder! Du vorsätzlicher Töter! Du Gegenzauberer! Du Schwarzmagier! Du glaubst mir das alles nicht?
O doch, doch. Ich sagte es schon. Was du erzählst, ist alles wahr.
Na also.

Nur ist es nicht im Außen geschehen, sondern im Innen.
Quatsch, schreie ich. Was heißt da Innen, was Außen? Geschehen ist geschehen. Und du zerstörst es. Du zerstörst mich, du mordest den einzigen Freund, den ich je hatte. Du mordest mich, mich, mich!
Ich stürze aus dem Zimmer.
Ich komme zu mir. Ich fahre noch immer auf der Autobahn. Noch vierzig Kilometer. Also zu Gregory nicht. Zu dem nicht. Würde er wirklich so reagieren? Ja, so. Ziemlich genau so. Er würde mich seinem System einpassen: Der Fremde, das war natürlich eine Frau; hätte er sonst so ausdrücklich von ihrer Brust geredet, natürlich war sie eine Prostituierte oder jedenfalls »so eine«; natürlich ging er mit ihr in den dichten Wald, zur Waldquelle, zum Fischbach, was für ein deutliches Bild! Kein Gepäck hatte sie. Natürlich nicht: sie hat ihm nichts erzählt von ihrer Huren-Vergangenheit. »Was geht die Vergangenheit mich an«, hat er gesagt. Und das plötzliche Verschwinden? Natürlich, da gabs keine Fortsetzung der Geschichte. Da gabs nur ein schlechtes Gewissen. Da wars dann plötzlich gar keine Frau gewesen, sondern ein harmloser Mann und eine harmlose Begegnung. Keine Ursache zu schlechtem Gewissen.
Aber nein, nein: so primitiv ist Gregory nicht. O nein. Er würde sagen: Nun, der Mann, der da so plötzlich auftaucht, ist ein Teil von dir, ein Teil, dem du keine Vergangenheit und keine Zukunft zuschreibst. Ein junger schöner blonder Mann? Kein Mann, sondern deine Anima!

Endlich triffst du auf deine andre Seelenhälfte, Mensch! Endlich entdeckst du, daß du nicht einfach der erfolgreiche Direktor der großen Firma bist und der brave Ehemann und der Mann ohne Eigenschaften, ohne Geheimnis, und vor lauter Kein-Geheimnis-Haben der große Geheimnisvolle. Und jetzt taucht aus dem Nichts die Seele auf, mit der du in den Märchenwald gehst, an den Lebensquell, der dich verjüngt, und der Bach voller Fische, was für ein deutliches Bild. Da wäre ja alles klar, nicht wahr?

Zum Teufel mit Gregory, zum Teufel mit der Psychoanalyse. Her mit den Fakten! Her mit der wirklichen Wirklichkeit.

Ich biege von der Autobahn ab und fahre auf einer Seitenstraße, die in einen Wald führt. Ich halte. Ich steige aus. Mein Herz bleibt stehen. So ein Waldrand war es. Genauso. Und hier ist der Trampelpfad im Unterholz. Und dort muß der Bach sein. Nein, Bach ist da keiner. Es ist ja nicht derselbe Platz. Der ist auf der andern Seite der Autobahn. Es war ja auf der Hinfahrt. Aber hier ist doch ein Wasser, ein Bächlein, ein Entwässerungsgraben. Ich lege mich daneben ins Moos. Das Geheimnis, das Geheimnis. Keinem werd ichs erzählen. Keinem. Nur mir selber. Ich, der einzige Vertrauenswürdige, der große Schweiger, der die Geheimnisse weiß und sie wahrt.

Es stimmt schon, was ich Gregory sagte: der Fremde tauchte plötzlich auf. Ohne Gepäck. Stimmt. Ich schimpfte ihn aus. Stimmt. Er sagte nichts. Er lächelte. Er stieg ein. Er saß artig da. Er sagte weiterhin nichts.

Stimmt. Er machte mich nervös. Er sollte etwas reden. Wohin wollen Sie? Seine Geste: geradeaus. Bei welcher Stadt wollen Sie aussteigen? Die Gebärde der Unbestimmtheit. Ich bin ärgerlich. Also meinetwegen, ich fahre nach Frankfurt, wenn Sie dorthin wollen, können Sie mitfahren bis dorthin. Jetzt lächelt er wieder. Wie denn? Kindlich? Spöttisch? Überlegen? Wie alt ist er eigentlich? Auf jeden Fall etwa so alt wie mein Sohn. Er könnte mein Sohn sein. Im Weiterfahren rufe ich mir das Bild meines Sohnes ins Gedächtnis. Es gelingt mir nicht. Vielmehr: es wird überlagert vom Gesicht dieses Menschen neben mir. Das erweckt ein Vatergefühl in mir. Eine Art hilfloser Zärtlichkeit. Dann aber eine dunkle Scham. Als hätte ich an einen Inzest gedacht. Das schiefe Vatergefühl hält nicht vor. Aber ich merke, ich fahre zu schnell. In einer zu scharf genommenen Kurve legt mir dieser Mensch zwei seiner langen schönen Finger aufs Lenkrad. Er sieht aus wie ein Vater, der seinen unvorsichtigen Sohn stumm tadelt. Niemand hat je gewagt, meine Fahrweise zu korrigieren oder an meiner Seite Angst zu zeigen. Der da wagt es. Nach der Kurve nimmt er seine Hand vom Lenkrad und legt sie wieder artig auf sein Knie.
Ich bin ihm nicht böse. Dem nicht. Aber für idiotisch gutmütig soll er mich nicht halten. Ich sage: Wenn Ihnen meine Fahrweise nicht paßt, können ja Sie fahren. Er sagt höflich: Ich fahre nicht Auto. So, Sie fahren nicht Auto. Ich brauche das nicht, sagt er. Na ja, wenn man so aussieht wie Sie, findet man immer jemand, der einen

mitnimmt; mich nähme keiner mit. Das klingt verbittert. Er sagt: Haben Sie es schon versucht? Nein, sage ich. Sehen Sie, sagt er. Ich habe das Gefühl, getadelt worden zu sein. Ich bin gereizt, ich sage: Sie brauchen kein Auto weil Sie mitgenommen werden Sie brauchen kein Gepäck weil Sie alles geschenkt bekommen mir schenkt keiner was ich muß mir alles hart erarbeiten. Warum zum Teufel sage ich das, warum diese Schärfe in meiner Stimme? Und die seine, sehr sanft: Ja eben. Was heißt hier: ja eben? Es heißt, Sie haben sich nie etwas schenken lassen, Sie sind sehr hochmütig. Kann sein, sage ich, und er: Ich werde Ihnen etwas schenken. Ich denke: Du hast ja nichts außer der Kette; oder hast du was in deiner rechten Hosentasche, in der linken ist nichts. Ich spüre Erbitterung, sie wächst, das ist wie ein Kampf, nein nicht WIE, es IST ein Kampf: dieser Fremde hat etwas Autoritäres. Was der sich einbildet! Ich wiederhole meine Frage von vorhin: Wo soll ich Sie absetzen? Es klingt deutlich so, als wollte ich sagen: Kann ich dich um Himmels oder Teufels willen nicht bald losbringen? Er sagt: Ich fahre mit Ihnen. So, Sie fahren mit mir. Einfach so. Ins Blaue. Ein Abenteuer. Aber bilden Sie sich nur ja nicht ein, daß ich ein Abenteurer bin, ich bin auf der Fahrt zu einem Fachkongreß, ich bin Direktor einer großen chemischen Fabrik, ich bin verheiratet, habe zwei erwachsene Kinder. Blödsinnig, diese Erklärung. Er lächelt. Natürlich lächelt er, und dann lacht er. Er lacht! Er lacht heiter und voller Unschuld. Dann sagt er: Versuchen Sie doch einmal im Leben, in den Strom zu springen, er trägt! Ich sage: Das geht Sie gar nichts an. Doch, sagt er sanft. Ich sage: Überhaupt müssen Sie sich anschnallen. Er schaut verwundert. Er weiß nicht, wie man das macht. Ich tu's für ihn. Dabei berühre ich seine Brust. Das offene Hemd. Das goldene Vlies. Einen Augenblick das Gefühl, meine Finger verbrannt zu haben. Wir fahren weiter. Nach einer Weile löst er den Riemen wieder aus der Schnalle. Na, sage ich, auf Ihre eigene Verantwortung. Nichts als ein Lächeln. Und immer dieser Blick geradeaus. Und die Hände auf den Knien. Bäuerlich. Aber Bauernhände sind das nicht. Musikerhände eher. Ich unterdrücke die Frage nach seinem Beruf. Ich unterdrücke jede Frage. Zum Beispiel: Wo sind Sie zu Hause, in welchem Land? Deutscher? Nein. Skandinavier? Nein. Südländer? Es gibt blonde Sizilianer, blonde Griechen, blonde Zigeuner. Unsinn. Überhaupt: was gehts mich an. Er ist schön. Ja, das ist er. Ich schaue in den Rückspiegel: ich bin, im Vergleich zu ihm, ein alter Mann. Diese grauen Schläfen, diese heruntergezogenen Mundwinkel. Überarbeitet. Freudlos. Lustlos. Und der da neben mir, der hat, was mir abhanden kam: Jugend, Gesundheit, Schönheit, Heiterkeit. Ich hasse ihn. Ich könnte ihn umbringen. Ich werde jetzt gleich explodieren. Ich werde halten und ihn anschreien: Hinaus mit Ihnen! Er wird erstaunt sein, oder auch nicht, dann wird er wieder am Straßenrand stehen und warten, ich werde ihn im Rückspiegel sehen, gleich wird ein Wagen kommen, bereit, den Schönen mitzunehmen, ein Sportwagen, eine Frau am Steuer, sie öffnet den Wagenschlag,

und er wird einsteigen, was einsteigen, aufspringen wird er, in den Wagen springen wie ein junger Stier, und ab mit ihm und ihr, in die nächste Stadt, ins nächste Hotel, oder in den nächsten Wald, sie legen sich ins Gras, er ist ein Faun, unter seinen Stirnlocken sind kurze Hörner versteckt. Ich stöhne. Hat er mein Stöhnen gehört? Er dreht sich mir zu. Wie er mich anschaut. Mütterlich zärtlich, beschützend. Zum Teufel mit diesem Blick. Und dann: seine linke Hand auf meiner Schulter, eine Weile, und dann, dann auf meinem Geschlecht, mit sanftem Druck, sehr flüchtig. Was ist denn nur: meine Augen füllen sich mit Wasser. Verdammt, ich weine. Süße Tränen, bittre, süße. Blind vor Tränen, so kann ich nicht weiterfahren.
Da greift er nach dem Lenkrad und zieht es nach rechts, dann nimmt er auch die andre Hand zu Hilfe, und so, von seinem Platz aus, steuert er, allein und sicher, den Weg von der Autobahn bis zur nächsten Ausfahrt und von dort zum Waldrand. Er *kann* Auto fahren. Er bremst, er hält, er zieht den Zündschlüssel heraus. Stille. Plötzliche Stille. Sie schlägt über mir zusammen wie eine starke Brandung. Er zieht mich an der Hand tiefer in den Wald. Moos. Pilze. Farnkraut. Brombeergesträuch. Ein Wildrosenstrauch in voller Blüte. Waldmäuse, Haselmäuse. Ein flüchtendes Reh. Licht- und Schattenspiel im Laub und auf dem Boden. Der junge Mann hat sich gesetzt, mit dem Rücken an eine Buche gelehnt. Jetzt sitzt er bequem. Nicht wie im Auto. Sein Sitzen mit gespreizten Beinen hat etwas unerzogen Knabenhaftes. Ein Knabe,

der im Wald zu Hause ist. Ein Faun. Doch ein Faun? Er streckt die Hand nach mir aus, er zieht mich neben sich. Ich zögere. Er läßt mir Zeit, er sagt nichts. Dann lasse ich mich fallen. Er zieht meinen Kopf an seine Brust. Ich spüre das Vlies, es riecht frisch und gesund. Der Geruch eines vollkommen gesunden Jungen. Aber er ist kein Junge. Wie er mich so hält: wie eine Mutter, wie ein Vater. Er läßt mich weinen. Meine Tränen fallen in sein Vlies. Nach und nach versiegen meine Tränen. Ich schaue hoch. Ich sehe sein Gesicht über mir. Er hat graue Augen, goldgesprenkelt. Er läßt mich aus seinen Armen ins Gras sinken. Schlaf, sagt er, schlaf. Er streckt sich neben mir aus. Ich fühle eine tiefe Erschöpfung. Ich schlafe ein.
Ich wache davon auf, daß Wassertropfen auf mich fallen. Regnet es? Jemand lacht. Der junge Mensch steht nackt im Bach, schöpft Wasser mit seinen Händen und besprüht mich. Ich springe auf.
Komm, ruft er. Der junge Mensch legt sich längelang in den seichten Bach. Das klare Wasser spielt über die grünen Steine und über seinen braunen Körper. Komm, sagt er noch einmal. Ich will nicht. Das Wasser ist kalt, mitten im heißen Sommer. Da springt er auf, zieht mich ins Wasser und taucht mich unter. Die Taufe. Die Wiedertaufe. Gib mir einen neuen Namen, fremder Täufer. Er lacht. Ich friere jetzt, dann beginnt meine Haut zu brennen, und das Blut schießt heiß durch meine Adern. Ich höre mich einen Schrei ausstoßen, einen Vogelschrei, Freudenschrei, über mir ist der blaue Himmel zwischen

Fichtenwipfeln, ein goldner Durchlaß, ein offenes Tor, der Weg frei, wohin, wohin denn. Wir steigen aus dem Wasser, wir lassen uns ins warme Moos fallen, wir liegen still, wie lange so, als wir von der Autobahn abbogen, war es früher Nachmittag und heiß, jetzt sind die Schatten schräg, es geht gegen Abend. Wo war ich in diesen Stunden? Mir ist so wunderbar. Und was jetzt? Muß ich nicht am Abend bei diesem Kongreß in Frankfurt sein? Muß ich? Ja doch. Und der Junge wird mitfahren. Drei Tage, drei Nächte haben wir vor uns. Eine Ewigkeit.

Komm! Er schüttelt den Kopf. Wie, du willst nicht mitfahren? Aber wir können uns doch nicht einfach so trennen. Er sagt: Wir werden uns nicht trennen. Also, sage ich, dann komm jetzt. Er schüttelt wieder den Kopf. Ich verstehe dich nicht. Du wirst verstehen. Fahr jetzt. Nein, schreie ich, nicht ohne dich. Ich ziehe ihn an der Hand mit bis zum Auto. Er steigt nicht ein. Fahr! Seine Stimme ist streng und im Gesicht keine Zärtlichkeit mehr. Dies war es, sagt er, und eine Wiederholung gibt es nicht, denn du bedarfst ihrer nicht. Wer bist du, Fremder? Sag mir deinen Namen, damit ich dich wiederfinden kann. Äskulap, sagt er, und schickt sich an, in den Wald zurückzugehen. Seine Schritte sind leicht, als gehe er auf Zehenspitzen. Ich laufe ihm nach, ich falle über eine Wurzel, ein Brombeerdickicht hält mich auf, ich sehe ihn nicht mehr. Ich kehre zum Auto zurück, meine Hände sind verschrammt vom Fall in die Dornen, ich blute, die Bluttaufe, Dornen in meinem Fleisch, Blutstropfen, Tränentropfen, bittre Tränen, süße Tränen, der Sturm

legt sich, mir ist so wunderbar, ich fahre in den Abend hinein, in die Nacht, und mein Glück bleibt. Jetzt fahre ich zurück. Noch zwanzig Kilometer. Noch zehn. Der Stadtrand. Der Waldrand. Der freie Weg. Niemand mehr wird mich behindern. Niemand wird mein Geheimnis erfahren.
Marta sagt: Du wirst todmüde sein, ich mach dir gleich den Tee. Nein, Marta, ich bin nicht müde, ich bin doch kein alter Mann, ich habe mich nie so frisch gefühlt wie jetzt. Sie schaut mich schräg an, sie nimmt eine Spur auf, jedoch die Spur verliert sich dort, wo Marta sie nie suchen wird.

ANGEWANDTE PHYSIK

Beneidet hast du mich? Ja, ich hielt mich selber für beneidenswert, als diese Einladung kam: zwei Sommermonate lang eine Wohnung in Rom hüten, weil die Marinettis nach Kanada gingen. Zwei Monate Rom. Eine schöne Wohnung in der Nähe der Piazza Navona. Und Zeit für mich. Ferien. Einmal richtige Ferien ohne Job, um Geld fürs Studium zu verdienen. Die Leute bezahlten mich sogar fürs Haushüten und Pflanzengießen, stell dir vor. Ein bißchen Staub wischen und die paar Oleander gießen und was sonst noch da auf der Dachterrasse in Steinvasen gedieh oder auch nicht. Es wird heiß werden, sagten die Bewohner, ehe sie abflogen in den Norden, aus dem ich gerade kam. Ich lachte. Heiß? Mir kanns nicht warm genug sein. Ich sagte: warm, sie sagten: heiß. Ich hörte da keinen Unterschied. Es war Ende Juni, es hatte 29 Grad. Das war herrlich für mich. Ich ging frühmorgens aus dem Haus, trank in der nächsten Bar einen Capuccino, aß mein Cornetto, und dann los: straßauf straßab, ich war ja zum allerersten Mal in Rom, stell dir vor. Zuerst ging ich nach dem Romführer und sah, was eben Touristen sehen, Sankt Peter und das Vatikanische Museum und das Forum, und dann ließ ich den Führer zu Haus und ging meine eigenen Wege und da fand ich Gassen und Winkel, die viel aufregender waren als die bekannten Schönheiten, ich trabte und trabte, ich lief

Tag für Tag meine acht Stunden, mittags aß ich einen Bissen in irgendeiner Bar, und abends leistete ich mir ein richtiges Essen mit Wein dazu, und alles war genauso, wie ich mirs erträumt hatte. Die Museen sparte ich mir auf für den August. Die waren aber dann freilich geschlossen, bis aufs Vatikanische, das voller Touristen war, die von ihren Reiseführern von Saal zu Saal getrieben wurden. In der ersten Woche wohnten noch ein paar Familien im Haus, es ist ein alter Palazzo, der außen wirklich alt ist, wunderschöner Barock, und innen ausgebaut, lauter moderne Wohnungen, da wohnen reiche Leute, wer sonst kann sich so was leisten, ich las die Türschilder, es waren acht Familien, davon fünf mit amerikanischen Namen, eine mit einem deutschen, zwei mit italienischen, der eine war der von den Marinettis. In der zweiten Woche wurde das Haus immer leerer, und alle Jalousien blieben geschlossen. Im ersten Stock saß zuerst noch Tag für Tag eine Katze und schrie und wollte nicht glauben, daß die Patroni nicht aufmachten. Dann gab sie auf und mischte sich unter die hundert andern verlassenen streunenden Katzen, die von Zeit zu Zeit vergiftet werden, das sagte der alte Hausmeister, der im Souterrain wohnte mit seiner stocktauben Frau, die ich in zwei Monaten nur dreimal sah. Schließlich waren die zwei Alten und ich die einzigen Bewohner im Haus. Ob ich mich nicht gefürchtet habe? Keine Spur. Aber leer war es, das schon. Die hohen Räume, die steinerne Treppe, das riesige Treppenhaus, in dem meine Schritte ein Echo machten, kein Aufzug übrigens, das war, sagte der

Hausmeister, baupolizeilich verboten, der Palazzo steht unter Denkmalschutz. Ich wohnte im vierten Stock, dem obersten. Das Haus also wurde leer, und die Straßen wurden leer, und die Temperatur stieg an, 30°, 31°, 32°, 33°, 34°, 35°. Und da blieb das Thermometer stehen, und nichts bewegte sich mehr, es hatte drei Monate nicht geregnet, keinen Tropfen, manchmal wehte ein bißchen Wind, aber der war selber heiß und brachte einen gelben Sand mit, der Hausmeister sagte, der kommt aus Afrika und der Wind heißt Schirokko, er ist eine Plage, und dann schlief auch er ein und die Luft blieb in den Gassen stehen wie gestockt, und alles verstaubte, und die Nächte waren dumpf und blieben heiß. Ich hielt mich noch tapfer und sagte mir vor, daß es mir gefiel so, wie es war, weil es Rom war. Einmal fuhr ich ans Meer, aber das war noch ärger: die Metro überfüllt, die Leute stanken nach Schweiß, und am Meer stieg man über die öligen Körper ins ölige Wasser. Einmal und nie wieder. Als die Museen nacheinander geschlossen worden waren, blieben mir die Kirchen. Ich glaub, ich hab mehr als fünfzig besucht, es gibt einige hundert, aber dann konnte ich keine Putten und goldenen Engel mehr sehen und keine weinenden Magdalenen und keine Madonnen mit einem Schwert im Herzen, und keinen heiligen Antonius samt Jesuskind und keinen Josef mit Lilie, und diese ganze Welt aus Stuck und Gips war mir unerträglich. Ganz zuletzt war ich in einer kleinen Kirche, die dunkel war, besonders wenn man aus dem scharfen Tageslicht kam, und da stand rechts vom Altar eine lebensgroße

Statue mit einem weißen Gesicht und weißen Haaren und einer weißen Mönchskutte, aber als ich näher hinkam, sah ich, daß das gar keine Statue war, sondern ein lebender Mensch, der sich schließlich rührte und etwas sagte, in Englisch. Ich war natürlich sehr erschrocken, denn der Mensch hatte wirklich ein weißes Gesicht und weiße Haare und auch ganz helle Augen. Der Mensch sagte: May I help you? Sein Englisch war wirklich englisch, aber mit dem irischen Akzent, den ich von Dublin her im Ohr habe. Wieso helfen? fragte ich. Wobei helfen? Er sagte: Sie sind allein, nicht wahr. Aha, dachte ich, und mir fiel ein, was mir jemand erzählt hat, daß man in Italien nicht mal vor Geistlichen sicher ist. Ich sagte also ziemlich grob: Ja, ich bin allein und will allein sein. Er sagte ganz sanft: Das wollen Sie nicht. Na hören Sie, sagte ich, was geht das Sie an? Und da hat er gelächelt. Ich kann dir das Lächeln gar nicht beschreiben. Der Mann, der Mönch, war alt, steinalt, aber als er lächelte, war er auf einmal jung, jedenfalls kam es mir so vor, und beim Lächeln bekam sein Gesicht hundert Falten, es sah aus wie zersprungenes Glas. Und dann ging er weg, einfach so. Dann kam ein Schwarm Touristen, Deutsche mit einer italienischen Reiseführerin, die miserabel deutsch sprach, ich hatte Lust, sie laut zu korrigieren, aber ich sah, daß die Leute sowieso nicht zuhörten, sie waren eine von der Hitze zermürbte Herde, die grimmig stumpf das bezahlte Programm abdiente. Ja, aber es waren Leute, die meine Sprache sprachen, und der Bus, der vor der Kirche wartete, der hatte eine Münsteraner Nummer, und da überfiel mich ein verrücktes Heimweh, und als die Leute aus der Kirche kamen, lief ich hinter ihnen her wie ein Schaf, das seine Herde gefunden hat. Aber dann sah ich, daß es Leute waren, mit denen ich nicht hätte reden mögen, worüber auch, und da kehrte ich um, und am liebsten wäre ich wieder in die dunkle Kirche gegangen zu dem irischen Mönch, aber natürlich, das tat ich nicht, denn auch mit ihm hätte ich nichts zu reden gewußt. Aber irgendwen mußte es doch geben in dieser großen Stadt, mit dem ich hätte reden können, aber was eigentlich, hatte ich überhaupt noch Lust zu reden, wenn man den Mund auftat, aß man Staub, vielleicht kam der Staub aus dem eigenen Gehirn, ich hatte das Gefühl, daß ich austrocknete, dagegen half kein Wasser mehr, Wein schon gar nicht, höchstens noch Tee, aber dann schwitzte man alle Flüssigkeit gleich wieder aus. An dem Tag, an dem ich den irischen Mönch gesehen hatte, lief ich trotz aller Hitze bis nach Hause, einen Bus mochte ich nicht nehmen, da schwitzten und stanken alle und die Männer drängten sich an einen, nein, da lief ich schon lieber zu Fuß, aber dann, zu Hause, das heißt in der Wohnung der Marinettis, wurde mir auf einmal klar: in dieser Stadt kann man nicht allein sein, da muß man sich wehren, aber einer allein ist zu schwach, diese Stadt ist ein Koloß, aus gebleichten Menschenknochen und Totenschädeln erbaut, über Gräbern gebaut, buchstäblich über Leichenfeldern und Katakomben, weißt du, wie sie mir plötzlich erschien: eine Ururahne, zahnluckig und blind und bös, sie stirbt so vor sich hin und stirbt doch nicht, und alle haben Angst vor ihr, sie ist eine Muttergöttin, die ihre Kinder frißt mitsamt den Palazzi und die sogar schon an den neuen Gebäuden nagt, am Justizministerium zum Beispiel, und in den Vorstädten an den Sozialbauten. Nachts konnte man deutlich hören, wie sie die Steine knackte, zermahlte und auffraß. Ja, ich weiß schon, was du sagen willst, aber sei du mal in meiner Lage, mal sehen, ob du nicht auch Alpträume hast. Ich jedenfalls beschloß damals, mir jemanden zu suchen, mit dem ich mich verbünden konnte gegen die urböse Alte. Wie macht man das, wenn man ein preußisch-protestantisches Mädchen aus gutem Hause ist, programmiert darauf, sich mit keinem Italiener einzulassen, auch nicht mal zu einem Gespräch in einer Bar. Gib denen den kleinen Finger, und bist in der Falle. Ja, ja, hab ich gesagt, ist klar, ich mag sie ohnehin nicht. Und die Marinettis, die selber Römer sind, sagten vor ihrer Abreise: Also bitte, Vorsicht vor italienischen Männern, die sind scharf auf blonde Mädchen, und was wollen die dann von denen, was denn, Geld und far l'amore, fall nicht auf diese Burschen rein. Ich hab nur gelacht. Ja, und jetzt, jetzt hätte ich mich fürs Leben gern mit so einem eingelassen. Ich schäme mich, es zu sagen, aber es war so. Ich schaute mich vorsichtig um. Als hätten sie eine Witterung, wie Rüden sie haben für eine läufige Hündin: am Abend sprachen mich hintereinander drei an, aber sie waren vulgär und gar nicht schön; die Schönen, die in Frage hätten kommen können, die waren am Meer oder sonstwo, nur nicht in der Stadt. Schön war nur einer, aber der war Kellner in der Bar, wo ich frühstückte. Warum ich sage: aber. Nun, weil ein Barkellner eben ein Barkellner ist, und mit einem Barkellner geht man nicht aus, nicht ich jedenfalls. Ich habe ihn jeden Morgen gesehen, wenn ich das Frühstück nahm, und ich hatte schon bemerkt, daß er mir jedesmal auf meinen Capuccino eine Haube Schlagsahne tat und noch Schokoladenpulver draufstreute, aber wortlos und mit einem Morgengesicht, verdrossen oder auch traurig. An diesem Tag, als mir hundselend zumute war, gab ich mir einen Stoß, und ich beschloß, ihn anzureden. Aber es war wie verhext: er kam mir zuvor, als hätte ers erraten, daß ichs wollte. Er sagte: Heut abend hab ich frei, wollen wir ausgehen? Und da war der Zauber vorbei. Warum? Weil ich solche feuchten Augen nicht mag, und auch seine Stimme mochte ich nicht, sie war einerseits präpotent, andrerseits bettelnd, eine vertrackte Mischung. Ich ging und wollte nie wiederkommen. Ein paar Tage später tats mir leid, und ich ging wieder hin, aber da war ein andrer da, und als ich nach dem einen fragte, sagte der Neue: Es haben schon mehrere deutsche und schwedische Fräulein nach ihm gefragt. Das war ein Schlag ins Gesicht. Ich sagte: Ich bin ihm tausend Lire schuldig, die wollte ich ihm geben. Der Neue hatte ein Lächeln, daß ich ihm am liebsten eine Ohrfeige gegeben hätte, besonders als er dann noch sagte: Er arbeitet jetzt im ... Aber das hörte ich schon nicht mehr. Ich hatte den Tausendlireschein auf die Theke geworfen, ich wollte ihn in sein Gesicht werfen. Nun ja, es war ein Barkellner, und ich konnte eigentlich froh sein, daß aus der Geschichte nichts geworden ist. Was auch hätte denn werden können. Ich ging zur Piazza di Spagna und setzte mich an den Berninibrunnen, wo andre junge Leute saßen und die Füße ins Wasser hielten. Es waren Franzosen, lauter Jungs so um die achtzehn. Wärs einer nur gewesen und älter. Aber ein Dutzend, und sie kümmerten sich nicht um mich. Aber ich muß doch auf eine Art zu ihnen hingeschaut haben, daß einer zu den andern etwas sagte, und sie lachten, sie lachten über mich, sie lachten unverschämt. Warum aber? Weil ich so stinkbürgerlich ausschaute oder weil sie meinten, ich wolle was von ihnen oder ich sei so eine. Und sie hatten recht: ich war eine Stinkbürgerliche, die was von ihnen gewollt hätte, wären sie älter gewesen. So eine. Sie hatten recht, wirklich. Mir fehlte doch nur der Mut. So eine ist schlimmer als eine ehrliche Hure. Ich verachtete mich. Ich spürte, daß ich allmählich verkam. Eine virgo intacta, die darauf brennt, genommen zu werden. Und die Hitze blieb, und die Luft kochte, und der Asphalt wurde weich. Die Touristen, die merkten nicht, daß sie vergiftet wurden von dieser Stadt. Ich merkte es, und jetzt ging ich zum Reisebüro. Mochte auf die Wohnung aufpassen, wer wollte, meinetwegen konnte sie ausgeraubt werden, und meinetwegen konnten die Pflanzen auf der Terrasse verdorren, ich mußte mich retten. Also: einen Liegewagenplatz bis Hamburg. Alles ausverkauft bis nächste Woche. Schlafwagen auch, und das wäre mir sowieso zu teuer gewesen. Ich nahms hin als ein Gottesgericht. Die Uralte, die böse Mutter, wollte mich behalten und umbringen. Aber es gab schließlich die Heimreise auf Stottern: Autostopp. Ja, das wars, das konnte gehen. Die Alte sollte mich nicht haben. Ich bestimmte den nächsten Sonnabend als Tag der Abreise. An diesem Abend ging ich in ein gutes Ristorante in der Nähe, und ich bestellte mir zum Essen einen halben Liter Chianti und war vielleicht etwas betrunken, jedenfalls ganz zufrieden. Da kam dieser Engländer herein, vielmehr ein Ire, das erfuhr ich später, ich hatte ihn schon öfters gesehen, er wohnte wohl in der Nähe. Er trug immer einen weißen Anzug, und er war immer allein. Wie ich. Aber er litt nicht unter dem Alleinsein, er nicht. Er schaute nicht rechts, nicht links, und jetzt auch nicht, er setzte sich an einen Tisch, der reserviert war für ihn, wie es schien, und der Ober brachte ihm Wein und Wasser, und der Ire mischte es halb halb, und das tat er, als wenn er was Rituelles täte, langsam und sorgfältig, dann aß er Spaghetti und zum Nachtisch Käse, weiter nichts, und kaum hatte er gegessen, zog er einen Block aus der Tasche und fing an zu schreiben. Ich machte meinen Hals lang und sah, daß er eigentlich eher zeichnete als schrieb. Was da so nach und nach entstand, das war so was wie ein Spinnennetz, in dem statt der Fliegen Zahlen und Buchstaben und geometrische Figuren hingen. Der Mann schrieb und zeichnete rasch, sein Stift flog nur so über das Papier. Ich konnte nicht erkennen, ob das eine moderne Graphik war oder ein Plan zu einer komplizierten Konstruktion, oder sonst was. Heute weiß ich, was es war, damals wußte ichs nicht. Ich schaute auch mehr den Mann an als seine Arbeit. Er war nicht mehr jung, so zwischen vierzig und fünfzig, glattrasiert, eine hohe Stirn, eine lange Nase, und die Haare und Augenbrauen ganz hell, entweder schon grau oder weißblond, und auf einmal erinnerte er mich an den irischen Mönch in der Kirche, und als er aufstand, vermischten sich mir die Bilder der beiden Iren. Ich ließ mein Essen stehen, legte das Geld auf den Tisch und lief ihm nach, aber da war er verschwunden, um irgendeine Ecke gebogen, nicht mehr zu sehen. Ich ging ins Ristorante zurück und fragte den Kellner, wer dieser Mann ist. Ein Professor aus England oder Irland. Mehr wußte er auch nicht. Den nächsten Tag überstand ich ganz gut, denn ich dachte an den Abend, da würde ich den Iren wiedersehen. Ich sah ihn wieder, und die ganze Szene wiederholte sich, auch das Verschwinden. Und so ein drittes Mal. Dreimal ist die magische Märchenzahl, und ich beschloß, ihm vor dem Ristorante einfach aufzulauern. Aber als ich da so stand, wußte ich nicht, was ich zu ihm sagen könnte. Er würde mich womöglich für so eine halten. Da ging ich weg, sah ihn aber von fern in eine Straße einbiegen, und da lag wohl irgendwo seine Wohnung. Die nächsten Tage verbrachte ich damit, ihn zu suchen. Das war immerhin eine Beschäftigung, die mich ausfüllte. Es war schon fast wie eine sinnvolle Arbeit. Wenn du mich fragst, was ich von diesem Iren wollte, so kann ich nur sagen: Ich weiß es nicht. Vielleicht wollte ich gar nichts als daß es ihn gab. Aber die Geschichte geht weiter, nämlich so: ein paar Tage später seh ich vom Fenster aus den Iren auf der Straße, mittags, in der Gluthitze steht er da und visiert mit einem Winkelmaß das Haus an, in dem ich wohne, zieht einen Block aus der Tasche, notiert was, und geht. Ein Architekt also oder ein Kunsthistoriker, den der Palazzo interessiert. Sehr einfach, denkst du. Keineswegs einfach. Alles andre als einfach. Am nächsten Tag komme ich vom Frühstück zurück, da sehe ich den Iren wieder. Er steht da und schaut etwas an, das er in der Hand hält, und schaut dann den Palazzo an, und wieder das Ding in seiner Hand. Mich schaut er nicht an. Zunächst. Aber auf einmal dreht er sich zu mir hin und sagt: Sie wohnen in diesem Palazzo. Das war keine Frage, sondern schon eine Feststellung oder Behauptung. Ich gab vor lauter Bestürzung keine Antwort. Er nahm das für ein Ja und war irgendeiner Sache sicher. Jetzt zeigt er mir, was er in der Hand hält: es ist ein Schlüssel, aber kein sozusagen normaler, sondern ein großer, schwerer, alter. Eher eine Antiquität als ein brauchbarer Hausschlüssel. Gehört der Ihnen? fragt er. Ich sage nein. Er sagt: Wissen Sie, ob er eine Tür in diesem Palazzo aufsperrt? Ich sage: Fragen Sie den Hausmeister, meine Tür jedenfalls sperrt dieser Schlüssel nicht auf. Ich sage das ziemlich unfreundlich, aber was denkst du, der Mensch lächelt. Ich komme mir vor wie ein Kind, das man beim Lügen ertappt, und ich sage gereizt: Was wollen Sie eigentlich von mir? Er lächelt weiter. Da lasse ich ihn einfach stehen und gehe ins Haus. Natürlich denke ich hernach: was für ein Schaf bin ich; jetzt lauere ich diesem Menschen tagelang auf, und wenn er mich endlich anspricht, laufe ich weg; das typische gehemmte Bürgerkind mit verdrängten Sehnsüchten, das überall auf Tafeln stößt, auf denen steht: Eintritt verboten. Ich warf mich aufs Bett und heulte und heulte. Irgendwas war mit mir passiert. Da klingelt es. Ich weiß sofort: das ist dieser Mensch. Verheult wie ich bin, kann ich nicht aufmachen. Um Zeit zu gewinnen, frage ich: Wer ist da? Die stumme Antwort: etwas fällt in den Briefkasten. Dann höre ich Schritte die Treppe abwärts. Eine Visitenkarte, weiter nichts. Da steht: George O'Kean, Professor für angewandte Physik (so übersetze ichs), und der Name eines Instituts in einem jener irischen Orte, die so vertrackte Namen haben. Eine Visitenkarte beweist rein gar nichts. Immerhin. Aber was solls. Keine Adresse in Rom, keine Telefonnummer. Aber die Zeichnungen, die er macht, das wird klar, sind etwas Mathematisch-Physikalisches. Eine Weile später klingelt es wieder. Jetzt mache ich auf. Wir schauen uns eine Weile an wie Stumme. Dann sagt er: Ich bitte Sie darum, daß ich vom Eckfenster Ihrer Wohnung auf die Straße schauen darf. Na ja, gut, aber wieso? Er zieht die Jalousie hoch und beugt sich hinaus, so weit, daß ich denke, er wird sich doch nicht hinunterstürzen, ein verrückter Selbstmörder. Aber nein, er dreht sich um und sagt: Es ist möglich. Was ist möglich? Er will es mir später erklären. Erst soll ich, wenn er unten ist, den alten Schlüssel hinunterwerfen, ganz natürlich werfen. Und wenn er Ihnen auf den Kopf fällt? Er sagt: Der Schlüssel wird, wenn meine Berechnung stimmt, vierzig Zentimeter hinter mir auffallen. Mein Herr, sage ich, wenn Sie ein Detektiv sind, kommen Sie mit einem Polizisten zurück, dann können Sie selbst mit Schlüsseln werfen. Er sagt ganz ruhig: Ich bin Physiker und mache ein Experiment. Heute, lang danach, meine ich, er habe deutlich gesagt: Metaphysiker. Damals hörte ich nur Physiker. Ach so, sage ich, und ich bin die Versuchsperson. Jetzt lächelt er wieder. Immer wenn er lächelt, ist es, als wenn ein Glas Sprünge bekäme, ich wundre mich, daß man nicht einen ganz leisen Klang hört. Nun, sagt er, werfen Sie den Schlüssel? Na schön, sage ich, wenn Sie mir zumindest hernach Ihr Experiment erklären. Ich warte also, bis er unten ist, dann werfe ich den Schlüssel so, wie ich ihn werfen würde, wenn ich wollte, daß der, der ihn auffängt, heraufkommt, also möglichst nah zu ihm zielend, aber ein bißchen ängstlich, ich könnte ihn treffen, dabei aber, also das ist nun schwer zu erklären, weil es scheinbar ganz unlogisch ist, dabei mit dem Wunsch, ihn zu treffen, direkt zu treffen, auf den Kopf, also ihn umzubringen oder doch endgültig zu verschrecken und zu verscheuchen. Nun, der Schlüssel fällt zu kurz, und zwar nicht hinter ihn, sondern vor ihn, und der Ire schüttelt den Kopf, hebt den Schlüssel auf und macht mir ein Zeichen, daß er wieder hochkommt. Na, sag ich, wissen Sie jetzt, was Sie wissen wollen? Er sagt: Es ist ein Schritt zum möglichen Ergebnis hin, aber ich muß Sie bitten, den Schlüssel noch einmal zu werfen, aber flach horizontal, so wie Sie als Kind Hüpfsteinchen übers Wasser geworfen haben, schauen Sie: so. Er macht mir die Bewegung vor. Na schön, ich warte, bis er wieder unten ist, und werfe den Schlüssel, nach seinem Befehl, hätte ich beinah gesagt, also nach seiner Anweisung, und diesmal fällt er ziemlich dicht hinter ihm zu Boden. Aber es ist wieder nicht richtig. Er kommt wieder herauf und sagt: Wäre der Schlüssel so geworfen worden, hätte er nicht vierzig Zentimeter hinter mir auftreffen können, und er hätte nicht in Augenhöhe an mir vorbeifallen können. Aber, sage ich, der Schlüssel ist gar nicht in Augenhöhe an Ihnen vorbeigefallen. Bravo, sagt er, gut beobachtet, aber ich rede ja nicht von Ihrem Wurf, sondern von einem andern. Ach so, sage ich, Sie sind also doch so etwas wie ein Detektiv auf eigene Faust. Er lächelt wieder, das Glas bekommt wieder Sprünge. Mir kommt eine Art Erleuchtung, und ich sage: Also, da hat einmal jemand diesen Schlüssel auf die Straße geworfen, mit was immer für einer Absicht, und Sie haben das gesehen und es auf sich bezogen, und wollten wissen, wer der Werfer war, und Sie haben es nicht herausgefunden, und jetzt läßt Ihnen die Sache keine Ruhe, und darum kommen Sie wieder nach Rom, ist es so? Wieder dieses Lächeln. Er sagt: Hier ist die Erklärung, setzen Sie sich bitte. Ich setze mich also, er setzt sich auch und beginnt zu zeichnen, mit fliegender Hand sozusagen, und dabei redet er, was er redet, versteh ich nicht, das heißt ich höre Wörter, aber sie geben mir keinen Sinn: YF1, YF2, MX hoch 2, YF1 gleich 2 durch minus soundso viel, und so weiter, und dabei bedeckt sich das Blatt mit feinen Bleistiftstrichen, und schließlich sieht das Ganze aus wie ein Spinnennetz voller Tieropfer, und wie er da so zeichnet und redet, wird dieses Spinnennetz über mein Gehirn geworfen, und ich denke: er ist wahnsinnig und macht mich auch wahnsinnig, die Hitze hat uns beide wahnsinnig gemacht, wir sind die Opfer im Spinnennetz, das die Ururalte ausgeworfen hat. Aber dann kommt mir das, was er sagt, wieder vernünftig vor, nur schwer zu verstehen für jemand, der bloß ein bißchen höhere Schulmathematik kann. Ist alles klar? fragt er schließlich. Nein, sage ich, gar nicht; was ist denn dieses F4 und was F3 und X_0 und X1? Er nimmt ein frisches Blatt aus dem Block und erklärt geduldig alles nochmal. Jetzt verstehe ich wenigstens, daß dieses rechtwinklige Dreieck, das ein dutzendmal vorkommt in verschiedenen Größen, einen Schenkel hat, der die Straße bedeutet, und einen vertikalen, der die Wand des Palazzo sein soll, und daß die Linie, welche die Endpunkte der Schenkel verbindet wie die Sehne eines Bogens, die Fall-Linie des Schlüssels darstellt, also eine Parabel. Klar. Und die kleine Senkrechte, die da in einer bestimmten Entfernung vom Haus steht, das sei er selbst, und dieser Punkt auf der Horizontalen zwischen ihm und der Wand sei der Punkt, auf dem der Schlüssel landete, und diese kurze Horizontale bezeichne seine Augenhöhe, in welcher der Schlüssel an ihm vorbeiflog. Ja, sage ich, dann ist die Rechnung doch einfach, warum rechnen und rechnen Sie dann immer wieder aufs neue? Weil, sagt er, in der Gleichung mehr Unbekannte sind, als es sein dürften, wollte man sie lösen. Nämlich? Zum Beispiel der Ansatz der Parabel, das heißt die Höhe, aus welcher der Schlüssel geworfen wurde.

Aber, sage ich, wenn Sie wissen, wo Sie standen und wo der Schlüssel auffiel und wie weit Ihre Augenhöhe vom Boden ist, dann haben Sie drei Bekannte, oder nicht? Er lacht. Er lacht mich einfach aus. Dann macht er eine neue Zeichnung. Sehen Sie, sagt er, der Ansatz der Parabel kann hier oder hier sein, und das Hier oder Hier ist jeweils ein Fenster. Gut, sage ich, aber ich meine, für einen Mathematiker ist das doch leicht zu berechnen. Wäre leicht, sagt er, wenn er sich gemerkt hätte, wo er stand und wo der Schlüssel auffiel, also hat er es mit drei Unbekannten zu tun, darunter ist sein eigener Standpunkt; aber das ist nicht das Problem, das Problem ist die eine Unbekannte. Nämlich? Er zeichnete wieder und schrieb dann eine Formel, die ungefähr so aussah, sehr ungefähr:

$$YF = \frac{2}{1-\left(\frac{X_1}{X_0}\right)^2}$$

Natürlich verstand ich sie nicht. Was ist das YF? Er lacht wieder. Ich sage: Was gibts da zu lachen, und überhaupt machen Sie mich allmählich verrückt mit Ihren Gleichungen und all den Unbekannten. Ja, sagt er, die vielen Unbekannten, die sind das Problem, oder sagen wir: das Unbekannte, das ists. Wo wollte er hinaus mit diesem Satz? Aber er kommt gleich wieder zurück zu seiner Formel. Also, sagt er, wenn der Schlüssel im Abstand α von meiner Augenhöhe den Boden berührt, hat der zweite bekannte Parabelpunkt die Koordinaten $\varepsilon + \alpha$ und null, so ähnlich jedenfalls sagte er. Hören Sie auf, sagte ich. Aber er fährt unerbittlich fort: Da ich a, e und α kenne, muß ich β berechnen können. Na also, sage ich, dann tun Sie es um Himmels willen. Er sagt: Ich überlasse alles Weitere Ihnen. Und damit geht er. Geht einfach, hinaus und hinunter, und dieses Mal bleibt er nicht auf der Straße stehen, sondern biegt um die Ecke, und weg ist er. Und ich, ich setz mich hin und versuche die vertrackte Gleichung zu lösen, stell dir vor. Ich kratze alle meine mathematischen Erinnerungen zusammen, ich rechne und zeichne und rechne, dazwischen denke ich, daß das alles Wahnsinn ist, aber vielleicht doch nicht, und vielleicht geht es diesem Iren wirklich um etwas Wichtiges oder jedenfalls um etwas, das ihm brennend wichtig ist. Hat er nicht gesagt, daß jemand den Schlüssel geworfen hat? Doch. Ich war es nicht. Aber wer anders. Und wer das war, will er herausbringen. Ich will ihm helfen. Aber wie. Wenn er als Physiker, der notgedrungen was von Mathematik versteht, die Gleichung nicht lösen kann, wie soll ich es können. Freilich: ein blindes Huhn findet manchmal das beste Korn. Ich rechne weiter, mein Tag ist ausgefüllt, ich vergesse die Hitze, ich verbeiße mich in dieses Problem, als wärs das meine, nicht das des verrückten oder auch nicht verrückten Iren, und schließlich kommt bei meiner Rechnerei und Denkerei was heraus, und das heißt, kurz gesagt: YF ist 12 m. Mit schlichten Worten: das Fenster liegt in der Höhe von zwölf Metern, und da jedes Stockwerk rund drei Meter hoch ist, liegt das gesuchte Fenster im vierten Stock, also in meinem.

Na also, denke ich, darum sein Interesse an meinem Fenster. Das schmeckt mir nicht, das ist eine Enttäuschung. Oh, denke ich, da habe ich also offenbar insgeheim gehofft, der Mann interessiere sich für mich. Aber nein: er will wissen, von wo aus man ihm den Schlüssel zugeworfen hat. Nun, ich kanns ihm sagen, beweisen sogar. Aber das hätte er ja doch selber sehr leicht herausbringen können. Also irgendwas stimmt da nicht. Ich meine nicht, daß an dieser Rechnung was nicht stimmt, sondern an der ganzen Sache. Aber was? Wenn dieser Mensch mich hätte einfangen wollen, hätte ers billiger haben können. Oder ist das die Art, in der ein irischer Physikprofessor einer Frau einen Antrag macht? Ich mußte lachen, ich lachte laut, und das war das erste Mal in diesen Wochen, daß es mir nach Lachen zumute war. Und außerdem war es das erste Mal, daß ich es nötig fand, die Wohnung sauberzumachen. Staub, Staub, Staub. Ich fing also an zu putzen. Natürlich gestand ich mir nicht ein, daß ich putzte, weil ich dachte, der Ire komme am nächsten Tag wieder. Ich hatte einfach das Bedürfnis nach Ordnung und Sauberkeit. An diesem Abend war mein Ristorante geschlossen wegen Ruhetags. Nun denn, meinetwegen, dachte ich, aber so war es nicht: ich hätte den Iren gern getroffen, sehr gern, obwohl ich nicht wußte, warum eigentlich, außer aus dem einen Grund: daß ich mich nicht mehr so allein fühlte in seiner Nähe, so verrückt und verstörend sie auch war. Ich suchte sogar ein wenig in der Gegend herum, ehrlich gesagt, ich schaute in jede Bar und jedes Ristorante in der Nähe, aber er war nicht da. Ich dachte, der ist abgereist, und damit hat sichs. Na schön. Aber am nächsten Vormittag kam er. Nun, sagte ich, die Gleichung geht auf, und ist ganz einfach, ich verstehe nicht, daß Sie da solche Schwierigkeiten haben, hier! Er schaute sich meine Gleichung an und sagte: Und die Augenhöhe, haben Sie die berechnet, und die Fallgeschwindigkeit, und ob meine Angabe stimmt, der Schlüssel sei vierzig Zentimeter hinter mir aufgetroffen? Nun also. Ich bin natürlich geschlagen. Es ist, sagt er, eine Gleichung mit lauter Unbekannten, aber ich danke Ihnen, daß Sie mir geholfen haben, die Lösung zu finden. Ja wie denn? Sehr einfach: Sie sind die einzige Person in diesem Haus, die den Schlüssel geworfen haben konnte. Ich hab aber nicht. Ich weiß, sagt er, ich weiß, niemand hat den Schlüssel geworfen, es ist überhaupt keiner gefallen. Mir blieb der Mund offen, bis ich wieder reden konnte. Dann haben Sie also diese ganze Komödie einfach erfunden? Nein, sagte er, die habe nicht ich erfunden. Wer denn, ich etwa, ich doch nicht! Er sagte: Wenn es Ihnen begreiflich ist, so nehmen wir an, wir haben sie beide erfunden, oder sagen wir noch deutlicher: wir haben uns gegenseitig erfunden. Aber, sage ich, wollen Sie damit sagen, daß es uns gar nicht gibt, aber das ist doch Wahnsinn, ich glaube, Sie haben einen Sonnenstich, das ist kein Wunder, wenn Sie so ohne Hut in der Gluthitze herumlaufen, also ich für mein Teil, ich weiß, daß ich eine Wirklichkeit bin, bei Ihnen bin ich nicht so ganz sicher. Als ich das sagte, erschrak ich, denn ich begriff gar nicht, was ich da so hinsagte. Er aber tat so, als ob er begreife, und vermutlich hat er es tatsächlich begriffen, denn er sagte: Das Ganze ist angewandte Physik. Wie, bitte? Ja, sagte er, wozu, meinen Sie, taugt die Wissenschaft, als daß man mit ihr Magie treibt? Mir lief es bei all der Hitze kalt den Rücken hinunter. Wer war dieser Fremde? Ein Dämon, der mich um den Verstand bringen wollte? Wenn er so weiterredete und mich so anschaute, würde er mich dazu bringen, daß ich ihn und mich und überhaupt alles für pure Erfindung hielt, für die Ausgeburt dieser Höllenhitze und dieser mörderischen menschenfressenden Stadt. Wahrscheinlich habe ich Fieber, und er hat auch Fieber, wir beide haben Fieber, er träumt mich, ich träume ihn, oder ein Dritter träumt uns. Ich reiße mich aus dem Fieber und sage: Wie auch immer, morgen reise ich ab. Er sagt: Warum? Ja warum, einfach weil es mir zu heiß ist, weil ich einen Sonnenstich habe, weil ... Er unterbricht mich und sagt: Wozu abreisen, die Probe ist bestanden. Was für eine Probe, vielleicht die, daß ich Ihnen standhalte, wie? Er lacht. Ich sage: Sind Sie der Versucher? Nein, sagt er ganz einfach, sein Gegenteil. Und damit läßt er mich stehen. Ich stellte mich unter die Dusche und blieb, bis mich fror, dann schlief ich ein, und als ich aufwachte, war es Abend und mich hungerte, ich hatte mehrere Tage gefastet, ich merkte jetzt, daß ich abgemagert war, sozusagen ausgedörrt von der Sonne. Ich beschloß, viel und gut zu essen an diesem Abend, ob mit dem Iren oder ohne ihn. Ich ging aber in das Ristorante, wo er vermutlich aß. Und richtig, da saß er und schrieb und zeichnete.

Ich ging zu ihm hin, das war doch ganz natürlich, und grüßte ihn, aber er schaute mich nur erstaunt an und schrieb weiter. Vielleicht war er bei einer noch schwierigeren Rechnung und gar nicht ansprechbar. Ich setzte mich in seine Nähe und aß und trank und wartete. Endlich würde er ja doch aufstehen und weggehen, und ich würde ihm folgen können. Einmal schaute er tatsächlich zu mir her, aber ganz fremd, und plötzlich schien mir, das sei der irische Mönch in Verkleidung. Aber ich hielt meine Phantasie am Zügel. Die beiden sind eben typische Iren, daher die Ähnlichkeit. Das Wort Ähnlichkeit paßte mir aber nicht, das traf die Sache nicht, bei Zwillingen sagt man auch nicht, sie sehen sich ähnlich. Er schaute noch einmal her, und da schien mir, daß er lächelte, das heißt, daß sein Gesicht lauter feine Sprünge bekam. Ich lächelte zurück, dann stand er auf und ging. Ich hatte noch nicht fertig gegessen und nicht bezahlt, ich legte einen Schein auf den Tisch und lief ihm nach, aber er war verschwunden. Ich dachte, der wird schon wiederkommen, morgen. Ich wartete auf ihn. Ob er eine Ahnung hatte, wie sehr ich wartete, ich glaube nicht, oder doch. Ich ging mittags nur für ein paar Minuten weg, um Obst einzukaufen. Genau in diesen Minuten muß er gekommen sein. Als ich in den Briefkasten schaute, lag da der alte Schlüssel. Ich hatte vor dem Weggehen hineingeschaut, da war er noch nicht dagewesen. Aber jetzt der Schlüssel, nur der Schlüssel, kein Brief, nichts. Das war also das Ende. Aber am Nachmittag hatte ich einen Einfall: ich ging in jene kleine Kirche, wo ich den irischen Mönch getroffen hatte. Ich fragte an der Pforte, neben der Kirche ist nämlich ein kleines Kloster. Aber da wußte man nichts von einem Iren, und die Mönche hier waren keine irischen, sondern italienische Benediktiner oder so was, jedenfalls sie trugen keine weißen Kutten. Da stand ich also. Ich wagte den letzten Versuch, ich zeigte dem Pförtner den Schüssel. Ob der hier irgendwo aufsperre? Nein, sagte der Pförtner, sicher nicht, und der ist ja uralt, und da fehlt ein Zacken, der kann ja gar nirgendwo aufsperren, woher haben Sie denn den? Den hat mir ein irischer Mönch geschenkt. Als ich das sagte, wurde mir kalt und heiß. Was hatte ich da gesagt? Ich verbesserte mich: ich wollte sagen, ein irischer Physiker. So, sagte der Pförtner, ein irischer Physiker, ja. Völlig sinnloserweise zeigte ich ihm die Visitenkarte, damit er mich nicht für hysterisch hielt. Er schaute sie an und sagte: Soso, Professor für angewandte Physik, ja, interessant, die angewandte Physik, wir nennen sie Metaphysik. Bewahren Sie den Schlüssel gut auf, irgendwo gibt es das zugehörige Schloß, das er aufsperrt. In diesem Augenblick hätte ich geschworen, daß dieser Pförtner der irische Mönch war und der irische Physiker. Aber das dauerte nur einen Augenblick, und ich ging. Weder den Mönch noch den Physiker sah ich je wieder. Ich blieb in Rom, bis die Marinettis zurückkamen. Sie fanden die Wohnung tadellos sauber, und sie wunderten sich darüber, daß eine Studentin so ordentlich ist, und sie wunderten sich noch mehr darüber, daß die Blattpflanzen nicht verdorrt waren. Die auf den andern Terrassen und

Balkonen waren in der Hitze eingegangen. Ich sagte: Das ist angewandte Physik, man kann es auch anders nennen. Wie denn, fragte die Signora Marinetti und schaute mich etwas bestürzt an. Ich sagte: Magie.

Was sagst du zu alledem? Es stimmt, ich habe zu Irland immer eine starke Beziehung gehabt. Ich war ja ein Jahr drüben. Und vielleicht habe ich in einem früheren Leben dort gelebt, wer weiß. Du meinst, der irische Mönch für angewandte Physik, der war ich selber, das meinst du? Sag doch: meinst du das? Aber die Zeichnung und der Schlüssel, die siehst du doch, das sind doch Wirklichkeiten, die kann man berühren, oder? Freilich: angewandte Physik kann natürlich ...

INHALT

Hinkela 7
Munjo, der Dichter 39
Bitte, keine mildernden Umstände 61
Wie in einem Spiegel 71
Jakobs Kampf 85
Vergib uns, wie auch wir vergeben 97
Äskulap 111
Angewandte Physik 139

Luise Rinser

Mitte des Lebens
Roman. Band 256

Die gläsernen Ringe
Erzählungen
Band 393

Der Sündenbock
Roman. Band 469

Hochebene
Roman. Band 532

Abenteuer der Tugend
Roman. Band 1027

Daniela
Roman. Band 1116

Die vollkommene Freude
Roman. Band 1235

Ich bin Tobias
Roman. Band 1551

Ein Bündel weißer Narzissen
Erzählungen
Band 1612

Septembertag
Erzählungen
Band 1695

Der schwarze Esel
Roman. Band 1741

Bruder Feuer
Roman. Band 2124

Jan Lobel aus Warschau
Erzählung. Band 5134

Mirjam
Roman. Band 5180

Baustelle
Band 1820

Gefängnis-tagebuch
Band 1327

Geschichten aus der Löwengrube
Erzählungen
Band 11256

Grenzübergänge
Tagebuch-Notizen
Band 2043

Kriegsspielzeug
Tagebuch 1972–1978
Band 2247

Winterfrühling
Aufzeichnungen
1979–1982
Band 5342

Im Dunkeln singen
1982–1985
Band 9251

Nordkoreanisches Reisetagebuch
Band 4233

Unterentwickeltes Land Frau
Band 3799

Den Wolf umarmen
Band 5866

Mit wem reden
Band 5379

Fischer Taschenbuch Verlag

fi 132/8

Monika Maron

Stille Zeile Sechs

Roman. 219 Seiten. Leinen

Die DDR Mitte der achtziger Jahre: Rosalind Polkowski, zweiundvierzigjährige Historikerin, beschließt, ihren Kopf von der Erwerbstätigkeit zu befreien und ihre intellektuellen Fähigkeiten nur noch für die eigenen Interessen zu nutzen. Herbert Beerenbaum, ein ehemals mächtiger Funktionär, bietet ihr eine Gelegenheitsarbeit: Rosalind soll ihm die gelähmte rechte Hand ersetzen und seine Memoiren aufschreiben. Trotz Rosalinds Vorsatz, nur ihre Hand, nicht aber ihren Kopf in den Dienst dieses Mannes zu stellen, kommt es zu einem Kampf um das Stück Geschichte, das beider Leben ausmachte, in dem der eine erst Opfer dann Täter war, und als dessen Opfer sich Rosalind fühlt. Die Auseinandersetzung mit Beerenbaum läßt sie etwas ahnen von den eigenen Abgründen und den eigenen Fähigkeiten zur Täterschaft.

Stille Zeile Sechs ist die Adresse Beerenbaums, eine ruhige gepflegte Gegend für Priviligierte, weit entfernt von dem, was in den Straßen der DDR vor sich geht.

S. Fischer Verlag

fi 2029/1

Günter de Bruyn
Zwischenbilanz
Eine Jugend in Berlin

380 Seiten. Leinen

Diese Autobiographie ist ein literarisches Ereignis. Sie läßt die schwierigste Zeit unseres Jahrhunderts mit eindringlicher Intensität wieder aufleben. Sie ist Entwicklungsroman und Epochenpanorama in einem – ein Werk von seltener Kraft, Klarheit und Anmut. Günter de Bruyn erzählt von seiner Jugend in Berlin zwischen dem Ende der zwanziger und dem Beginn der fünfziger Jahre. Die Stationen sind: seine Kindheitserfahrungen während des Niedergangs der Weimarer Republik, die erste Liebe im Schatten der nationalsozialistischen Machtwillkür, seine Leiden und Lehren als Flakhelfer, Arbeitsdienstmann und Soldat, und schließlich die Nachkriegszeit mit ihrem kurzen Rausch anarchischer Freiheit und die Anfänge der DDR. Wie nur wenige Schriftsteller versteht es Günter de Bruyn mit wenigen Worten Charaktere zu skizzieren, Szenen zu entwerfen und die Atmosphäre der Zeit spürbar zu machen. Das Buch spiegelt den Lebenslauf eines skeptischen Deutschen wider, der sich nie einverstanden erklärte mit den totalitären Ideologien, die sein Leben prägten. Schutz vor der oft schwer erträglichen Gegenwart fand er in der Familie, der Literatur und schwärmerischen Jugendlieben. So ist dieses Buch, allem Ernst zum Trotz, auf wunderbare Weise gelassen und heiter.

S. Fischer Verlag

fi 2028 / 1

Collection S. Fischer

Lothar Baier
Jahresfrist
Erzählung
Band 2346

Herbert Brödl
Silvana
Erzählungen
Band 2312

Hermann Burger
Die allmähliche Verfertigung der Idee beim Schreiben
Frankfurter Poetik-Vorlesung. Band 2348

Clemens Eich
Aufstehn und gehn
Gedichte. Band 2316
Zwanzig nach drei
Erzählungen. Band 2356

Dieter Forte
Jean Henry Dunant oder Die Einführung der Zivilisation
Ein Schauspiel
Band 2301

Marianne Gruber
Der Tod des Regenpfeifers
Zwei Erzählungen
Band 2368

Wolfgang Hegewald
Das Gegenteil der Fotografie
Fragmente einer empfindsamen Reise
Band 2338
Hoffmann, Ich und Teile der näheren Umgebung
Band 2344
Jakob Oberlin oder die Kunst der Heimat
Roman. Band 2354
Verabredung in Rom
Erzählung. Band 2361

Egmont Hesse (Hg.)
Sprache & Antwort
Stimmen und Texte einer anderen Literatur aus der DDR
Band 2358

Wolfgang Hilbig
abwesenheit
gedichte
Band 2308
Der Brief
Drei Erzählungen
Band 2342
die versprengung
gedichte
Band 2350
Die Weiber
Band 2355

Ulrich Horstmann
Schwedentrunk
Gedichte
Band 2362

Bernd Igel
Das Geschlecht der Häuser gebar mir fremde Orte
Gedichte. Band 2363

Walter Jens (Hg.)
Schreibschule
Neue deutsche Prosa. Band 2367

Fischer Taschenbuch Verlag

fi 176/16 a

Collection S. Fischer

Jordan/Marquardt/
Woesler
Lyrik – Erlebnis und Kritik
Band 2359

Peter Stephan Jungk
Rundgang
Roman. Band 2323
Stechpalmenwald
Band 2303

Christoph Keller
Wie ist das Wetter in Boulder?
Eine amerikanische Erzählung. Band 2369

Judith Kuckart/
Jörg Aufenanger
Eine Tanzwut
Das TanzTheater Skoronel. Band 2364

Dieter Kühn
Der wilde Gesang der Kaiserin Elisabeth
Band 2325

Katja Lange-Müller
Wehleid – wie im Leben
Erzählungen. Band 2347

Monika Maron
Flugasche
Roman. Band 2317

Johann Peter
Landsonntag, englisch
Geschichten. Band 2365

Dirk von Petersdorff
Wie es weitergeht
Gedichte. Band 2371

Elisabeth Reichart
Komm über den See
Erzählungen. Band 2357

Gerhard Roth
Circus Saluti
Band 2321
Dorfchronik zum 'Landläufigen Tod'
Band 2340

Evelyn Schlag
Beim Hüter des Schattens
Erzählungen. Band 2335

Evelyn Schlag
Brandstetters Reise
Erzählungen. Band 2345
Die Kränkung
Erzählung. Band 2352

Klaus Schlesinger
Matulla und Busch
Band 2337

Natascha Selinger
Schaukel. Ach Sommer
Erzählung. Band 2360

Johanna Walser
Die Unterwerfung
Erzählung. Band 2349
Vor dem Leben stehend. *Band 2326*
Wetterleuchten
Erzählungen. Band 2370

Ulrich Woelk
Freigang
Roman. Band 2366
Tod Liebe Verklärung
Stück. Band 2372

Fischer Taschenbuch Verlag

fi 176/17 b

Erzähler-Bibliothek

Jerzy Andrzejewski
Die Pforten des Paradieses
Band 9330

Veljko Barbieri
Epitaph eines königlichen Feinschmeckers
Roman. Band 11026

Hermann Burger
Die Wasserfallfinsternis von Badgastein *und andere Erzählungen*
Band 9335

Joseph Conrad
Jugend
Ein Bericht. Band 9334
Die Rückkehr
Erzählung. Band 9309

Tibor Déry
Die portugiesische Königstochter
Zwei Erzählungen
Band 9310

Heimito von Doderer
Das letzte Abenteuer
Ein »Ritter-Roman«
Band 10711

Fjodor M. Dostojewski
Traum eines lächerlichen Menschen
Eine phantastische Erzählung. Band 9304

Carlo Emilio Gadda
Cupido im Hause Brocchi
Erzählung. Band 11016

Nikolai Gogol
Der Mantel/Die Nase
Zwei Erzählungen
Band 9328

Ludwig Harig
Der kleine Brixius
Eine Novelle
Band 9313

Henry James
Das glückliche Eck
Eine Geistergeschichte
Band 10538

Abraham B. Jehoschua
Frühsommer 1970
Erzählung. Band 9326

Franz Kafka
Ein Bericht für eine Akademie/Forschungen eines Hundes
Erzählungen
Band 9303

Eduard von Keyserling
Schwüle Tage
Erzählung
Band 9312

Michail Kusmin
Taten des Großen Alexander
Roman
Band 10540

George Langelaan
Die Fliege
Eine phantastische Erzählung
Band 9314

Fischer Taschenbuch Verlag

fi 669 / 10 a

Erzähler–Bibliothek

D.H.Lawrence
Die Frau, die davonritt
Erzählung
Band 9324

Thomas Mann
Mario und der Zauberer
Ein tragisches Reiseerlebnis
Band 9320

Der Tod in Venedig
Novelle
Band 11266

Tristan
Novelle
Band 10572

Die vertauschten Köpfe
Eine indische Legende
Band 9305

Daphne Du Maurier
Der Apfelbaum
Erzählungen
Band 9307

Herman Melville
Bartleby
Erzählung
Band 9302

Arthur Miller
Die Nacht des Monteurs
Erzählung
Band 9332

Franz Nabl
Die Augen
Erzählung
Band 9329

René de Obaldia
Graf Zeppelin oder Emiles Leiden
Erzählung
Band 10177

Vladimir Pozner
Die Verzauberten
Roman. Band 9301

V. S. Pritchett
Die Heimkehr der verlorenen Tochter
Erzählung
Band 11265

Alexander Puschkin
Die Erzählungen des verstorbenen Iwan Petrowitsch Belkin
Band 9331

Peter Rühmkorf
Auf Wiedersehen in Kenilworth
Ein Märchen in dreizehn Kapiteln
Band 9333

Antoine de Saint-Exupéry
Nachtflug
Roman. Band 9316

Fischer Taschenbuch Verlag

fi 669 / 4 b

Erzähler-Bibliothek

William Saroyan
Traceys Tiger
Roman
Band 9325

Arthur Schnitzler
Frau Beate
und ihr Sohn
Eine Novelle
Band 9318

Anna Seghers
Wiedereinführung
der Sklaverei
in Guadeloupe
Band 9321

Isaac Bashevis Singer
Die Zerstörung
von Kreschew
Erzählung
Band 10267

Adalbert Stifter
Abdias
Erzählung
Band 10178

Mark Twain
Der Mann,
der Hadleyburg
korrumpierte
Band 9317

Jurij Tynjanow
Sekondeleutnant Saber
Erzählung
Band 10541

Franz Werfel
Eine blaßblaue
Frauenschrift
Erzählung
Band 9308

Geheimnis
eines Menschen
Novelle. Band 9327

Edith Wharton
Granatapfelkerne
Erzählung. Band 10180

Patrick White
Eine Seele von Mensch
Short Story
Band 10710

Oscar Wilde
Der Fischer
und seine Seele
Märchen. Band 11320

Virginia Woolf
Lappin und
Lapinova
Fünf Erzählungen
Band 11027

Carl Zuckmayer
Eine Liebesgeschichte
Band 10260

Der Seelenbräu
Erzählung. Band 9306

Stefan Zweig
Angst
Novelle. Band 10494

Brennendes Geheimnis
Erzählung. Band 9311

Brief einer
Unbekannten
Erzählung. Band 9323

Fischer Taschenbuch Verlag

fi 669/5c

Deutschland erzählt

Herausgegeben von Benno von Wiese

Das vierbändige Sammelwerk »Deutschland erzählt« enthält eine Auswahl von etwa 75 deutschsprachigen Erzählungen aus den letzten 150 Jahren. Der Herausgeber, Benno von Wiese, hat nicht die pathetische Absicht, einen für alle Zeiten geltenden Kanon aufzustellen, seine Auswahl lädt vielmehr ein zur Diskussion. Mancher wird Namen vermissen, die ihm lieb geworden sind; oft muß ein Autor mit seiner Darstellungsweise stellvertretend für andere stehen. Andererseits wird wohl jeder Leser in diesen Bänden Gelegenheit zu überraschenden Wiederbegegnungen und beglückenden Entdeckungen finden. Der Herausgeber verfolgt mit seiner Auswahl zwei Absichten: Er will seine Leser unterhalten und möchte ihnen zugleich Zugang verschaffen zu den nicht immer leicht erreichbaren Schätzen der deutschen erzählenden Literatur.

Deutschland erzählt

Von Johann Wolfgang von Goethe bis Ludwig Tieck
Band 10982

Von Georg Büchner bis Gerhart Hauptmann
Band 10983

Von Arthur Schnitzler bis Uwe Johnson
Band 10984

Von Rainer Maria Rilke bis Peter Handke
Band 10985

Fischer Taschenbuch Verlag

fi 374/4

Luise Rinser

»Der innere Friede, das ist etwas anderes als Zufriedenheit. Der innere Friede, das ist das Licht, das uns inmitten unsres Elends und unsrer Schuldhaftigkeit die Ahnung von einer erdumfassenden Liebe gibt.«

Abaelards Liebe
Roman. 224 Seiten. Leinen

An den Frieden glauben
Über Literatur,
Politik und Religion
1944–1967
360 Seiten. Leinen

Im Dunkeln singen
253 Seiten. Leinen.

Die Erzählungen
359 Seiten. Geb.

Geschichten aus der Löwengrube
Erzählungen
165 Seiten. Leinen

Mirjam
Roman. 332 Seiten. Leinen

Der schwarze Esel
Roman. 271 Seiten. Leinen

Silberschuld
Roman. 232 Seiten. Leinen

Wachsender Mond
1985–1988
247 Seiten. Leinen

Winterfrühling
Aufzeichnungen 1979–1982
239 Seiten. Leinen

Den Wolf umarmen
414 Seiten. Leinen

Fischer Bibliothek

Geh fort wenn du kannst
Novelle. 160 Seiten. Geb.

Jan Lobel aus Warschau / Hinkela
Zwei Erzählungen
102 Seiten. Geb.

Die rote Katze
Erzählungen
124 Seiten. Geb.

Der schwarze Esel
Roman. 271 Seiten. Geb.

Septembertag
144 Seiten. Geb.

S. Fischer

fi 133/12